나의 바느질 수다

Edition L

나의 바느질 수다

한 땀 한 땀 느리더라도
정성스럽게
일상의 바탕을 채워가는 마음

천승희 글 · 사진

궁리
KungRee

그동안 부러트린

숱한 바늘들과

풀어 쓴 무수한 실들에게

바느질 덕분에

누구나 그럴 테지만 저도 가끔 스스로 묻곤 합니다.

"나는 지금 잘 살고 있나?"

이렇게 물었을 때 자신 있게 "그럼"이라고 대답할 수 있는 사람은 별로 없겠지요. 세상을 위해 큰일을 하거나, 돈을 많이 벌어서 모으거나, 유별나게 깨 볶으며 재미나게 살고 있는 사람이 아니라면 말입니다.

하지만 살면서 생기는 까실까실한 마음이나 생채기, 상처가 오래되어 남은 흉터 들을 보듬고 응어리들을 잘 풀면서 살고 있다는 면에서 본다면 "나는 그럭저럭 잘 살고 있어"라고 할 수 있습니다.

살면서 생기는 응어리들을 풀기 위해, 사람들은 여러 일들을 하더라고요. 어떤 사람은 술을 마시고, 어떤 사람은 등산을 하고, 어떤 이는 그림을 그리고, 또 어떤 이는 글을 씁니다. 저는 주로 바느질을 하면서 그 응어리들을 풀고 있습니다. 때때로 뜨개질도 하고요.

마음이 불안할 때나 이쪽일까 저쪽일까 고르기 힘들어 머리가 지끈거릴 때도 바느질을 합니다. 결혼을 몇 달 앞두고, 설레면서도 한편으론 두려운 마음이 들어 복잡했을 때에는 십자수를 놓았습니다. 십여 년 전 종합병원 대기실에서 큰 병에 걸렸을까 걱정하면서 검사 결과를 기다릴 때는 아이 스웨터를 뜨고 있었지요.

제가 하는 바느질은, 어떤 물건을 만들기 위해서일 때가 많지만 마음을 다스리기 위해서일 때도 무척 많습니다. 실은 이 글을 쓰기 위해서도 바느질을 많이 해야 했어요. 글을 쓰다가 잘 이어지지 않을 때면, 손바느질을 하면서 제 안에 어수선하게 돌아다니는 생각들과 낱말들을 정리하고 이리저리 적당한 자리에 앉혀보곤 했지요. 바느질을 하지 못했다면 이 볼품없는 글이 더 엉망진창이 되었을 거예요.

오래전 어느 가을밤이었어요. 바람소리가 심상치 않고 찬 빗방울이 쏟아졌습니다. 늦도록 남편은 집에 들어오질 못하고 있었습니다. 뱃속에 큰애가 있을 때였어요. 아기를 가져서 예민해진 것인지, 갑자기 온갖 불길한 생각들이 머리를 지나갔습니다.

'남편한테 혹시 나쁜 일이 생긴 건 아니겠지? 혹시 그이가 영영 집에 못 돌아오면 어쩌지?'

'아기가 지금 나오려고 하면 어떻게 하지?'

이런 걱정부터, 아기를 두고 내가 일찍 세상을 떠나버릴 수도 있을 거라는 생각, 좁은 월세 집에서 영영 벗어나지 못하고 아이가 그걸 원망하는 상상들이 꼬리에 꼬리를 물고 떠올랐습니다. 그리고 화가 났어요. 약해빠진 제 마음도 싫고, 이럴 때 제 곁에 있어주지 못하는 남편도 미웠습니다.

더 참지 못하고 바느질거리를 찾아들었습니다. 틈틈이 아기 이불을 만들던 중이었어요. 옛날에 전쟁터에 나가는 남정네들한테 누비옷을 지어 입혀 보내면 꼭 살아서 돌아온다는 이야기를 들었거든요. 줄줄이 누빈 바늘땀이 그걸 입는 이를 지켜준다는. 그건 아마 간절한 기도 같은 것이겠지요.

그래서 저도 태어날 아이를 위해 누비이불을 짓고 있었습니다. 꽃무늬, 나뭇잎 무늬가 있는 천들을 사서 작게 조각을 내고 그걸 이은 다음 시접을 다려 정리하고 누비솜을 대었지요. 그 위에 줄을 맞춰 누빔질을 했습니다.

바느질을 하노라니, 실을 꿴 바늘이 천 조각들의 모서리에서 다음 모서리까지 들어갔다 나오고 들어갔다 나옵니다. 바늘이 천에 계속 들어갔다 나왔다 하면서 리듬이 생깁니다. 그리고 이 리듬에 제 호흡도 저절로 맞춰집니다.

바늘을 바느질감 겉면의 딱 맞는 자리에 꽂고, 보이지 않는 천 뒷면에서 다시 나올 자리를 더듬어 뒤에서 앞으로 다시 한 번 꽂습니다. 바늘 뒤에 있던 손가락을 재빨리 바늘 앞쪽으로 가져와 바늘을 뽑아냅니다. 팔을 뻗어서 실을 팽팽하게 당긴 다음 바느질한 자리가 평평해지도록 문지릅니다. 그리고 또 다시 바늘을 꽂아 다음 땀으로 나아갑니다. 온 신경이 바늘에 가 있어야 땀이 흐트러지거나 벌어지지 않습니다.

바느질을 하다 보면 주위에 있던 것들이 다 사라지고 고요해집니다. 내가 꼭 바늘 끝에 있는 것만 같습니다. 바늘이 닿아야 할 마지막 지점까지 부지런히 손을 놀리면서 바느질을 합니다. 여러 겹 헝겊들과 누비솜을 붙들어 엮느라 다른 생각들을 잊습니다.

한 시간쯤 바느질을 했을 거예요. 그러고 있으니 어느새 불안한 마음이 사라져버렸습니다. 불안한 마음이 사라지니, 그 자리에 늘 있던 사실들이 빗물에 씻긴 것처럼 반짝거리며 있는 게 보입니다.

바라던 아기는 뱃속에서 건강히 잘 자라고 있었고, 착한 남편은 열심히 집으로 오는 중이었습니다. 가진 건 없지만 우리는 건강했고 서로 많이 사랑하고 있었습니다. 허름한 집은 비바람과 추위를 막기에 충분했고, 아이가 태어나면 쓸 기저귀며 속싸개, 손수건, 배냇저고리도 다 마련해서 곱게 접어두었습니다. 아이가 태어나면 정말 정성껏 키워야지 다짐하면서 짓고 있던 이불을 쓰다듬어보았습니다.

바느질을 하며 마음을 다스리는 일은 아마 마음에 창문을 열어 시원한 공기를 들이는 일과 비슷하겠지요. 출렁이는 물결을 잔잔하게 하고 떠다니는 흙먼지들을 가라앉혀 제 안에 있는 답을 찾는 일이라고도 할 수 있겠습니다. 제게 바느질을 하는 시간은 그런 시간입니다.

바느질과 뜨개질을 하지 않고 살았다면 저는 지금보다 더 화가 많고 근심 많은 사람이 되었을 게 분명합니다.

가만히 더듬어보니 아홉 살 때 처음으로 바느질과 뜨개질을 했던 것 같아요. 그 뒤로 사십 년 동안이나 끊임없이 바느질을 했네요. 그렇게 오래 바느질을 해댔으니 제가 꿰매고 뜬 물건들이 얼마나 많겠어요. 그것들을 한번 찬찬히 더듬어볼까 합니다.

차례

Part 1

×

**시침질,
전체를 그리는 시작**

엄마는 꼬매기 대장

"미친년!"

제가 아이를 낳고 나면 직장을 그만두고 집에서 살림하며 애를 키우겠다고 선언했을 때 우리 언니가 한 말이에요.

언니는, 요즘 같은 세상에 말도 안 되는 소릴 한다, 대학 등록금이 아깝다, 나중에 후회할 거다, 윤 서방 월급만으로 애 키우며 살 수 있을 것 같냐고 하더라고요.

저는 집에 있고 싶었습니다. 출퇴근 하지 않고 스물네 시간 아이랑 붙어 있고 싶은 마음이 간절했습니다. 우리는 가진 게 아무것도 없으니 더 정성 들여 아이를 키우자고 남편하고도 의논을 해둔 터였습니다. 언니 말처럼, 요즘 같은 세상에 돈 말고 시간과 정성을 들여 아이를 키우겠다는 말이 정신 나간 소리일지도 모르지요.

우리 엄마는 제가 열아홉 살 때 돌아가셨어요. 다 컸는데도 엄마가 없어 슬플 때가 많았습니다. 저녁 즈음 다른 집에서 밥 짓느라 그릇 부딪치는 소리만 들어도 슬펐어요. 엄마가 있는 집은 불을 때지 않아도 따뜻해 보였습니다. 엄마가 안 계시니 우리 집에는 그런 따뜻함이 사라진 것이지요. 나는 나중에 저렇게 따뜻한 집에서 정성껏 아이를 키우며 살고 싶다고 생각했습니다. 아이에게 옆에 꼭 붙어 있는 엄마 노릇을 하고 싶었습니다.

돈이야 뭐 조금 벌어 조금 쓰면 되겠지 막연하게 생각했습니다. 아이를 이삼 년 키운 뒤에 하던 일을 다시 할 수 있을 것 같았고요. 집에서 일하는 몇몇 선배들이 참 좋아 보이기도 했습니다. 그래서 언니한테도 잘 살 수 있다고 두고보라며 큰소리를 쳤습니다. 그때는 그랬습니다.

이제 와서 후회하느냐고요? 그건 아니지만, 생각처럼 쉽진 않더라고요. 아이 키우는 데는 생각보다 돈이 많이 들었고, 남편 하는 일이 잘 안 되기도 했으며, 집에서 하는 일거리도 참 쉽지가 않았습니다.

그래도 그 선택 덕분에 참 많은 걸 배울 수 있었어요. 가진 게 적다는 건 힘든 일이지만 더러는 산뜻하고 좋을 수도 있다는 사실, 생각보다 많은 사람들이 아이에게 돈으로 바꿀 수 없는 배려와 사랑을 베푼다는 것을 배웠고, 직장 다니며 시간을 쪼개 쓰는 엄마들을 존경하게 되었습니다.

그리고 아이들을 위해 실컷 바느질을 할 수 있는 시간이 생겼습니다. 직장을 그만두고 집에서 아이들을 키우면서 바느질로 무언가를 짓는 일이 제 인생에서 더 큰 부분을 차지하게 되었습니다.

큰딸 진이를 낳자마자 저는 정말 사랑에 푹 빠졌습니다. 신생아실에 누워 있는 아기들 가운데 우리 딸한테만 빛이 나는 것 같았어요. 새까만 눈동자는 얼마나 반짝거리는지. 보들보들한 손이랑 뺨은 또 얼마나 예쁜지, 아기를 들여다보기만 해도 행복했습니다. 큰애가 그렇게 예쁘더니 둘째는 더 귀엽더라고요. 많은 엄마들이 산후우울증으로 힘들어한다던데, 저는 우울한 마음이 살짝 스쳐 지나가기만 했던 것 같습니다. 들뜨고 설레고 꽉 차는 마음이 더 컸습니다. 아기한테 별도 달도 다 따서 주고 싶었고, 세상 가장 깨끗하고 귀한 옷도 입히고 싶은 게 당연했습니다.

하지만 직장을 그만두고 수입이 절반으로 준 데다가 일을 시작하려면 한참 멀었으니 돈을 아껴야 했습니다. 그러니 인터넷 쇼핑몰에서 유기농 면으로 만든 앙증맞고 비싼 아기 옷들을 보더라도 침을 닦고 '뒤로가기'를 누를 수밖에 없었지요.

×××

큰아이 백일에 입히려고
옷과 모자를 만들었습니다.

그래도 저한테는 퇴직할 즈음 곗돈 모아 장만한 '부라더 미싱'과 원단 쇼핑몰 사이트 '패션스타트', 이십오 년 손바느질로 쌓인 바느질 도구 상자가 있었습니다. 여자들이 애를 낳으면 세상 못할 일이 없을 것처럼 의기양양해진다더니 저도 그랬나 봅니다. 옷본이 들어 있는 책을 한 권 사고, 고르고 골라 원단도 사들였습니다. 그런 다음 호시탐탐 바느질할 때만 기다렸습니다.

하지만 아기가 먹고 자고 싸고 하는 동안 제가 해야 할 일은 산더미같이 쌓이기만 했습니다. 화장실 가고 양치질할 시간도 없는데 언제 바느질을 하지? 아기를 겨우 재우고 발끝으로 살금살금 걸어가 바느질 상자를 열 때쯤 아기가 으앙 하고 울어대면 저도 같이 울고 싶었습니다.

그러다가 어떤 날은 오 분, 어떤 날은 십 분쯤, 또 어떤 날은 기적처럼 한 시간이 날 때도 있었습니다. 그래서 큰아이 백일날 제가 만든 옷을 입히고 제가 만든 신발을 신길 수가 있었지요. (아이가 너무 잘 자라 살짝 작긴 했습니다.)

백일 옷을 지은 천은 친구가 준 것인데요. 창문에 커튼 대신 천을 툭툭 잘라 걸어두려고 찾았답니다. 그런데 천 가격을 잘 몰라 너무 좋은 천을 사게 된 것이지요. 그렇게 쓰기에 아까우니 뭐든지 만들어 쓰라면서 친구가 준 천이 참 고왔습니다. 하안 면위에 흰 실로 자수가 놓여 있었어요. 천이 넉넉하지 않아 조마조마하면서 잘랐던 기억이 납니다.

맘에 드는 도안도 없어서 선물 받은 옷들을 참고해서 직접 그렸습니다. 편하고 소박한 옷을 입고 살아야 한다고 믿고 아이에게 그런 옷을 입혀 키워야 한다고 생각했지만, 우리 딸한테 공주 옷처럼 예쁜 옷을 딱 한 번만 지어 입히기로 했습니다. 둥근 플랫칼라에 가슴에 리본을 두르고 주름을 잡아 만들었습니다. 입히기 편하도록 앞쪽에 스냅단추를 달고 단추를 단 겉면에 구슬을 여러 개 꿰어 장식했고요. 솔기들은 모두 아기의 여린 살에 닿지 않도록 납작하게 눌러 공그르기를 했습니다.

옷 모양을 궁리하고, 천을 오리고, 한 땀 한 땀 바느질을 하면서 아이가 자라날 몇 해 뒤 모습을 그려보곤 했습니다. 아이가 걷게 되면 어디로 나들이를 갈지도 꼽아보고, 둘째 아이랑 네 식구가 되는 기대도 해보았습니다. 아이가 공룡을 좋아할지 공주 인형을 좋아할지, 귀신을 무서워할지 벌레를 무서워할지도 궁금했습니다. 또 그러면서 소란스러운 도시에서 가진 것 하나 없이 아이를 잘 키워내려면 정신을 바짝 차려야겠다는 다짐도 틈틈이 했습니다. 바느질을 하면서 그런 생각을 하는 시간이 정말 좋았습니다.

×××

딸아이 주문대로 공주 드레스도 만들었습니다.

정말 신기하게도 아기가 자라면서 시간이 많아졌습니다. 둘째를 낳고 나서 전쟁 같은 두 해를 보내고 나니 거짓말처럼 조용한 시간이 생겼습니다.

출판사에서 일을 받아다가 집에서 책 편집 일을 할 수 있게 되었습니다. 아이들을 키우면서 일을 하는 게 만만치 않았지만 차차 적응해갔습니다. 한 몇 주 바빴다가 다시 몇 주 한가하고 또 며칠 바쁘고 했습니다. 일을 다 해서 출판사에 갖다주고 나면 저는 바느질할 생각에 들뜨곤 했어요. 아이들이 자는 방 한구석에서라도 오롯이 저 혼자 천천히 숨쉬며 마음을 가다듬을 시간이 꼭 필요했습니다.

배냇저고리를 지어 입히기 시작해서 큰아이가 중학생이 된 지금까지, 딸아이 둘한테 온갖 것들을 만들어주었습니다. 내 손으로 지은 옷을 아이들한테 입히고 요기 서 봐라, 한 바퀴 돌아봐라, 치마를 들어봐라 할 때 기분이 째졌습니다. 옷 만들기 좋으라고 둘 다 딸로 태어난 데다, 저를 닮지 않아 팔다리도 길쭉해서, 없는 솜씨로 대충 만든 옷이 찰떡처럼 어울렸지요. 치마랑 블라우스도 만들어 입히고, 티셔츠랑 바지, 점퍼도 만들었습니다. 이불은 물론이고 인형이랑 가방도 만들고, 천으로 만들 수 있는 건 죄다 만들었던 것 같습니다.

요리를 할 때에도 엄마가 만든
요리사 모자랑 앞치마를 입었지요.

×××

둘째아이 학교 친구들에게 주고 싶어
마스크를 만들었습니다.

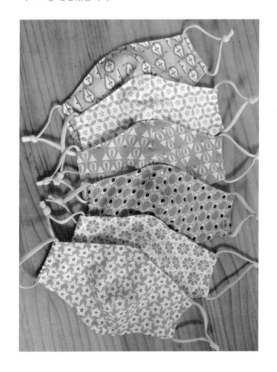

아이들은 어떠냐고요? 엄마가 만들어준 옷을 정말 좋아하냐고요?

큰애가 다섯 살쯤 되었을 때였나 봅니다. 애들 아빠가 장난감을 고쳐주었더니 기뻐하며 그러더군요.

"아빠는 뭐든지 잘 고쳐."

"그럼 엄마는 뭘 잘해?"

제가 물어보니 이렇게 대답했습니다.

"엄마는 꼬매기 대장이야."

꼬매기 대장이라니, 참 예쁘기도 합니다. 그 칭찬이 참 듣기 좋아서 더 힘을 내어 바느질을 했나 봅니다. 딸들한테는 세상에서 가장 솜씨 좋은 바느질꾼이 되고 싶었습니다. 그래서 힘든 줄도 몰랐지요.

아이들이 옷을 고쳐달라면 잽싸게 뜻을 받들어 고쳐주었고요. 인형 옷이나 공주 드레스를 만들어내라고 하면 뚝딱 해주었습니다. 둘째 녀석이 반 친구들 모두에게 마스크를 선물하고 싶다고 하길래 면 마스크 스물네 개를 만들어 보낸 적도 있었네요.

바늘과 실로 날마다 아이들에게 '사랑해'라고 쓰던 날들이었어요. 적어도 그때만큼은 그랬습니다.

먼저 아이를 낳은 선배 언니가 그러더군요.

"아기 젖 먹이면서 책을 꽤 봐."

해보기 전에는 어떻게 그게 될까 싶었습니다. 서투르고 지친 저는 아기를 안고 젖 먹이는 일도 너무 힘들었거든요.

그런데 정말 그게 되더라고요. 젖몸살이 지나가고 아기를 안는 데도 익숙해지니 아기에게 젖을 물린 채 책들을 꽤 읽을 수가 있었습니다. 그렇게 읽는 책들은 험한 산길을 걷다가 마시는 찬 샘물 같았지요. 평소에는 그렇게 안 읽히던 두꺼운 책들도 술술 읽히더라고요.

그때 읽은 책 가운데 『한티재 하늘』이라는 책이 있습니다. 그 책에 나오는 옛 여인들의 이야기가 참 좋았어요. 『한티재 하늘』 속 여인네들은 집에서 직접 실을 내어 베를 짭니다. 그리고 그 베를 마름질해 식구들 옷을 짓지요. 남은 베를 내다 파는 장면도 나옵니다. 형편이 어려워 짠 베를 몽땅 내다 팔거나 베를 짜지 못하는 해도 있지요. 그러면 새 옷을 짓지 못해 온 식구가 다 떨어진 옷을 입게 됩니다. 떨어진 데를 기울 천 한 조각도 귀했던 시절이지요.

그러고 보면 그동안 제가 읽었던 소설 속에서 빛깔 고운 치마저고리 이야기들을 숱하게 들었습니다. 능라나 물항라, 숙고사 같은 옷감 이름들도 책 속에서 들었고, 며느릿감 바느질 솜씨를 보라고 중매쟁이가 처녀가 지은 저고리를 가져오는 이야기도 들었습니다. 견우 직녀의 이야기에도 베 짜는 이야기가 나오고, 콩쥐팥쥐 이야기에도 고운 치마저고리 이야기가 나오지요. 그 옷들은 요즘 우리가 쇼핑몰에서 쉽게 집어오는 것들과 달리 마음속에 남아 오래 기억되는 옷이겠지요.

아이한테 한복을 지어주고 싶었던 건 사계절 출판사에서 나온 『설빔』이라는 그림책을 보고 나서입니다. 책 속에 나오는 다홍색 치마랑 색동저고리, 버선과 금박 댕기가 참 고와서 홀딱 반했습니다. 저도 그림책에 나오는 것처럼 고운 한복을 지어보고 싶었습니다.

찾아보니 많은 사람들이 한복을 짓고 있더라고요. 원단 쇼핑 사이트에는 한복 카테고리가 따로 있고, 아이 한복 도안과

생활한복 도안들도 팔고 있었습니다. 그리고 가만 생각해보니 오래전이긴 하지만 고등학교 가사 시간에 한복을 만들어보지 않았겠어요. 용기를 내서 큰애 돌잔치에 입힐 한복을 지어보기로 했습니다.

양단을 반 마씩 색색깔로 사서 색동저고리를 만들었습니다. 분홍 옆에 연두색을 붙일까 노란색을 붙일까 고민하는 게 즐거웠습니다. 섶코를 맵시 있게 내는 게 중요하다고 선생님이 말씀하시던 것도 생각났어요. 애를 썼지만 날렵한 섶코는 만들기 어렵더라고요.

치마는 분홍색 통치마로 만들어 조끼허리를 달았습니다. 오래 입을 수 있도록 치맛단을 한참 접어 넣어두었지요. 나중에 조끼허리를 다시 만들고 단을 내니까 몇 해 더 입을 수 있었습니다. 조그마한 염낭도 만들어 달아주고 동정 자리에는 흰 천을 댔습니다. 그래야 집에서 쉽게 빨아 입힐 수 있을 테니까요.

한 번 만들어보니 다른 옷들보다 오히려 짓기가 쉬웠습니다. 그래서 설날에 입히려고 해마다 아이들 한복을 고치고 만들고 했지요. 큰애 입던 옷을 둘째에게 물려주면서 고름을 다시 달거나 끝동에 다른 천을 대 멋을 부리기도 했고, 다른 색으로 단을 덧대 치마 길이를 늘리기도 했습니다. 알록달록 한복이 동그란 아이들 얼굴에 예쁘게 어울렸습니다.

×××
처음 만든
아기 한복입니다.

×××
아이들 한복 짓는 일이
참 재미났습니다.

옛날 사람들이 하던 식으로 옛날부터 입던 옷을 짓고 있노라니 저도 꼭 사극 속에 나오는 아낙네가 된 것 같았습니다. 꼭 참하고 단아한 여인이 된 것 같다고 착각하면서 신나게 바느질을 했습니다. 「규중칠우쟁론기」나 「조침문」도 생각났습니다.

아마도 우리 할머니는 저고리를 지어서 식구들에게 입혔을 겁니다. 엄마 어릴 적에 찍은 흑백사진 속에 검정 치마에 흰 저고리를 입은 모습이 있으니까요. 우리 삶을 채우는 많은 물건들을 손수 만들어 쓰던 시절이었습니다. 태어나 처음 입는 배냇저고리부터 시집갈 때 입을 고운 옷도, 흙 속에 함께 묻힐 수의도 모두 집안 여인들이 만들었겠지요.

예전 여인들에게 바느질이 사랑이었을까, 고된 노동이었을까 궁금해집니다. 옷을 처음 한 벌 짓기도 힘이 들지만 빨래를 할 때마다 실을 뜯고 다시 바느질을 해야 했으니 그 일의 양이 얼마나 많았겠어요. 이불이며, 베갯잇, 수건이나 걸레까지 모두 바느질을 해야 했을 겁니다. 그분들이 겨우 손바닥만 한 아기 치마저고리를 짓고 있는 저를 본다면 소꿉장난처럼 바느질 놀이를 한다고 할지도 몰라요. 인터넷으로 주문해 택배로 도착한 합성섬유로 형광등 환한 불빛 속에서 바느질을 하고 있는 제 모습을 본다면 웃을지도 모릅니다.

색동저고리를 짓고 있으니 어릴 적 장롱 속에 곱게 싸여 있던 엄마의 한복감도 생각이 났고 외할머니의 옥색 치마저고리도 기억이 났습니다. 한 번도 뵌 적 없는 친할머니도 생각이 났고요.

어린 시절 엄마와 이모, 고모가 하는 이야기들을 토막토막 주워들은 게 전부라 그분들이 어떻게 살았는지 자세히 알 수 없지만, 아이들을 낳고 어미가 되니 한 번도 생각해보지 않았던 할머니들의 사정도 짐작하게 됩니다.

우리 친할머니는 할아버지 돌아가시고 나서 아이들을 두고 재가를 하셨답니다. 시집살이가 무척 고되었다는 이야기도 들었습니다.

외할머니는 서른아홉에 남편을 여의셨답니다. 막내인 우리 엄마가 세 살 때였지요. 농사를 지어 여섯 남매를 정성껏 키우셨습니다. 그리고 그 여섯 남매 가운데 넷을 앞세우셨지요. 홀로 되신 외할머니와 외숙모를 두고 동네에서 '쌍과부집'이라고들 불렀다 합니다. 외할머니가 너무 엄하고 무서운 데다가 당신 막내딸을 고생시키는 우리 아버지를 미워하셔서, 외할머니 앞에서 말 한마디 제대로 못했던 게 기억이 납니다.

두 분 다 얼마나 힘드셨을까요? 마음 아파 우는 날이 얼마나 많았을까요? 그분들에게 바느질이 위안이었을지 짐이었을지는 모르겠습니다. 하지만 제 안에 바느질 유전자가 있다면 그건 아마 할머니들에게서 오지 않았을까요?

부러진 바늘을 들고 울던 유씨 부인처럼, 오래전 할머니들이 등불 앞에 앉아 바늘을 들고 천을 누비며 호며 감치며 박으며 공그르는 모습을 상상해봅니다. 부엌일을 마치고 앉아 식구들 옷을 바느질할 때, 견디며 사느라 응어리진 할머니의 마음이 조금은 풀어졌을 거라고, 불안하고 속상한 마음들도 가라앉았을 거라고 믿으면서요.

해도 해도 끝없는 집안일에 지치고, 빠듯한 살림에 심술이날 때도, 아이들을 가르치는 게 맘대로 되지 않아 겁이 날 때도 있습니다. 하지만 수많은 이들이 험한 세월 속에서도 정직하게 살아냈고, 아이들을 반듯하게 키워냈다는 사실이 위로가 됩니다. 우리 할머니들이나 엄마에 비한다면 저는 더 나은시대에 살고 있으니까요. 그분들이 해낸 일이라면 저라고 못할 리가 없습니다.

방구석에 앉아 저고리를 지으면서, 할머니와 엄마보다 더행복하게 살겠다고, 그래서 우리 딸들은 더 행복하게 살게 하겠다고 비장하게 다짐도 했습니다.

아이들이 크면서 한복을 짓지 않은 지가 꽤 되었습니다. 내

×××
한복을 입고
경복궁 나들이도 다녀왔습니다.

×××
엄마가 만든 한복을 입고 신나서
어린이집에 다녀왔습니다.

년에는 꼭 지어보려 합니다. 남편 쉰 살 생일에 맞춰 바지저고리를 한 벌 지어주고 싶고, 중학교 다니는 큰딸한테는 요즘 많이들 입는 예쁜 생활한복도 만들어주고 싶습니다. 딸내미가 흔쾌히 입어줄지는 모르겠지만요.

하지만 무엇보다 할머니랑 엄마가 살아 계시다면 고운 치마저고리 한 벌씩 지어드리고 싶다는 생각이 간절합니다. 참 기뻐하셨을 텐데 말이에요.

다정한 이불

잠.

다른 집들도 그런지 모르겠지만 아이 키우는 일은 잠과의 전쟁인 것 같습니다. 아기 때는 한번 재울 때마다 온 힘을 다 뺐고, 잠들고 난 다음에는 아기가 깰까봐 발끝으로 걸어 다녔 지요. 서너 살 때는 낮잠을 재우느라 진땀을 흘렸네요. 안 자 고 더 놀겠다고 떼를 쓰다가 잠이 와도 순하게 잠들지 못하고 칭얼거렸습니다. 잘 재우는 법을 연구하느라 책도 찾아보고 인터넷도 뒤지고 베개도 바꿔보고 온갖 노력을 했었어요.

아이들이 자라 큰애 키가 저만큼 커지니까 이제 또다시 재 우느라 전쟁입니다. 두 녀석 다 밤늦게까지 안 자려고 기를 씁 니다. "얼른 자라"고 소리를 꽥 지르면 "네" 대답을 하고는 조 금 있다가 또 둘이서 속닥거립니다.

아침에는 또 어찌나 안 일어나는지요. 깨워서 학교 보내느라 전쟁입니다. 월요일 아침은 두 배로 힘들고요. 아니, 아이가 둘이니 네 배로 힘들지요.

잘 자고 잘 먹는 게 어마무지하게 중요한 일인데 아이들은 그걸 잘 모르는 것 같습니다. 하긴 저도 그맘때 늘 밤에 더 깨어 있고 싶고 아침엔 더 자고 싶었습니다.

아이들 잠자리를 조금이라도 아늑하고 편하게 해주고 싶어서 이불을 만들게 되었습니다. 첫 번째 이불은 큰아이가 뱃속에 있을 때 만든 작은 누비이불입니다. 천들을 정사각형으로 작게 잘라 잇고 퀼팅 솜과 안감을 대고 누볐습니다. 퀼트를 배운 적도 없고 엄마가 만드는 걸 본 적이 없어 그저 제 감으로 만들었습니다.

출산 준비를 하면서 들으니, 아기 이불은 따로 사지 말고 겉싸개를 덮으면 된다고 하더라고요. 여름엔 속싸개를 덮어주면 되고요. 아기가 금세 자라니 그러겠지요. 그런데 겉싸개는 솜이 두터운데 춥지도 덥지도 않을 때는 무얼 덮어주어야 하나 걱정이 되더라고요. 아기 이불을 찾아보니 차렵이불 세트도 많고 외국에서 만드는 부드러운 담요도 많았습니다. 저는 목화솜 요를 따로 준비해둔 터라 이불만 하나 더 장만하면 될 것 같았습니다. 그래서 꽃무늬 면과 퀼팅 솜을 사서 이불을 만들기로 했습니다.

조그만 아기 이불이지만 바느질 품이 만만치 않게 들었습니다. 옷을 지을 때와 달리 간단하지만 지루한 작업을 반복해야 했지요. 한 번 바늘에 실을 꿰어 죽 꿰매다가 아퀴를 지으려면 한참 시간이 걸렸습니다. 그래서 마음이 어지러운 밤에 이불을 만들고 있으면 마음이 차분히 가라앉곤 했습니다. '저기까지만 꿰매고 자야지' 하다가 또 더하고 더하면서 시간 가는 줄 모르고 있기도 했습니다.

완성된 이불은 생각보다 더 예뻤습니다. 따로따로 볼 때는 그리 예쁘지 않던 천들도 작게 잘라 이었더니 새로운 무늬를 만들어냈고, 퀼팅 솜에 촘촘하게 누빔질을 해서인지 몸에 감기지 않고 적당히 도톰해서 덮기에 좋았지요.

큰아이는 이 이불을 다리가 삐죽 나오도록 오래 덮었습니다. 나중에는 가장자리가 다 닳아 하얀 솜들이 삐죽삐죽 나왔지만 버리지 못하고 장롱 한편에 고이 접어두었지요. 둘째아이에게도 이런 누비이불을 지어주었습니다. 둘째가 덮고 자던 분홍 누비이불은 지금도 침대 발치에 걸려 있습니다. 이 아기 이불들은 영영 버리지 못할 것 같습니다.

둘째가 기저귀를 떼고는 아기 요 대신 커다란 요를 두 개 펼

×××

기도하는 마음으로 만든 누비이불입니다.

쳐놓고 온 식구가 다 같이 자게 되었습니다. 아이들한테 커다란 이불 속에 들어가라고 하고 이불 밖에서 손을 뻗어 괴물 흉내를 내면 아이들은 까드득거리며 좋아라 했습니다. 이불은 집도 되었다가 큰 배도 되었고 눈 속이나 바다가 되기도 했습니다. 온 식구가 부둥켜안고 장난치다 잠이 들고, 아이들이 서로 엄마 옆자리 아빠 옆자리를 다투고 할 때 참 행복했습니다.

그러면서도 저는 아이들 등쌀에 통 깊은 잠을 자지 못했습니다. 아이들하고 남편 없는 방에 혼자 누워 두 팔 두 다리를 활짝 펴고 제가 좋아하는 음악을 들으며 잠들고 싶었습니다. 하지만 엄마가 옆에 있어야 잠이 들고 꼭 한 번씩 자다 깨서 엄마를 찾는 둘째 녀석 때문에 그럴 수가 없었어요.

시간이 지나고 아이들이 자라고 나니 거짓말처럼 그 시절이 지나가버리더라고요. 큰애는 일곱 살이 되더니 저 혼자 자겠다고 선언을 했습니다. 잡아당기거나 밀어내지 않아도 아이들은 저절로 자라니 참 신기합니다. 혼자 자겠다는 딸아이를 위해 새로 이불을 지었습니다.

이번에는 꽃무늬 조각들을 큼직하게 잘라 잇고 도톰한 이불솜을 사서 넣었습니다. 아기 때 덮던 누비이불보다 만들기가 쉬웠던 것이 재봉틀을 썼기 때문입니다. 재봉틀로 하는 바느질도 어찌나 신이 나던지 도도도도 두두두두 박자에 맞춰

노래도 부르며 조각들을 붙였습니다. 그래도 괜히 허전해서 겉감과 안감을 붙이는 바느질은 손바느질로 했습니다. 가장자리에 빨간 실로 멋 부려 상침도 했고요.

둘째가 일학년이 되어 큰애랑 둘이 자게 된 후부터는 저도 그렇게 바라던 '혼자 잠들기'를 할 수 있었습니다. 그때도 신이 나서 둘째아이 이불을 박아댔지요.

아이들이 베고 자는 베개도 모두 만들고, 뜨개질을 해 담요도 만듭니다. 아이들 잠자리는 제가 만든 것들로 꾸며주지요.

예전에 엄마가 이불 홑청을 꿰매던 게 생각이 납니다. 엄마한테 배워서 커다란 바늘로 이불을 꿰매보기도 했었지요. 홑청을 뜯어서 손으로 문질러 깨끗하게 빨고 풀을 먹인 다음 다시 꿰맸지요. 홑청을 다리거나 다듬이질을 하지 않으려고 덜 마른 빨래를 보자기로 감싸서 발로 밟았던 기억도 납니다. 그 이불 감촉을 제 동생이 유난히 좋아했습니다. 엄마가 돌아가시고, 지퍼로 쭉 열리는 이불 커버와 값싼 차렵이불들을 쉽게 살 수 있게 되자 파삭거리는 홑이불은 구경할 수가 없지요.

엄마가 했던 것처럼 정성을 들여 이불을 꾸미지는 않았지만, 아이들이 덮고 자는 이불은 세상에 하나뿐인 이불입니다. 아이들이 한여름과 한겨울을 빼고 매일 덮고 자는 이불들에는 이름이 다 있습니다. 큰아이가 덮고 자는 이불에는 '다정한

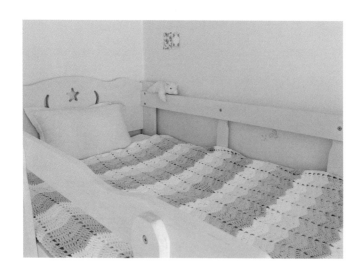

×××

아이들 베개와 담요도 만들어주었습니다.

×××

따뜻하고 포근하다고 '다정한 이불'이라는 이름을 지어주었습니다.

이불'이라는 이름을 붙였고, 둘째가 덮고 자는 이불은 '봄꽃 이불'이라고 이름을 지었지요. 이불 가게에서 사 온 이불이었다면 아이들은 아마 이름을 지어주지 않았을 겁니다. 제가 지은 이불에 고운 이름을 붙여준 아이들에게 참 고마웠습니다.

큰애가 덮던 이불 안감이 다 해지고 솜도 오래되어 조각을 이은 겉감만 그대로 두고 새로 만들어주었습니다. 새 솜을 넣고 안감을 바꾸어 꿰맸지만 그래도 그 이불은 '다정한 이불'입니다. 조각조각을 이어서 만든 이불이 좋은 점은 떨어지거나 해진 곳에 새 천을 대서 고쳐도 자연스럽다는 겁니다. 그래서 저는 천 조각을 이어 이불을 만들려고 하고, 그래서 바느질을 하다 남는 천 조각들을 모으고 있습니다.

아이들이 일찍 기분 좋게 잠자리에 들고 푹 잔 다음 아침에 개운하게 일어나면 좋겠습니다. 잠자리에서 고민은 하더라도 근심은 하지 않았으면 좋겠습니다. 나쁜 꿈은 꾸지 말고 좋은 꿈만 꾸었으면 좋겠습니다. 잠자는 동안에도 엄마아빠가 지켜주고 있다는 든든함을 느꼈으면 좋겠습니다. 그런 바람을 담아 한 땀 한 땀 바느질을 해 이불을 짓고 있습니다.

인형 옷 주문서

아이를 키우면서 알게 된 것 한 가지. 아침에 잠에서 깨어 가장 먼저 집어 드는 게 그때 가장 사랑하는 장난감이더라고요. 요즘이야 학교에 가지 않을 때는 일어나자마자 핸드폰부터 찾지만요. 스마트폰을 사주기 전까지 오랫동안 우리 딸내미들의 '최애' 장난감은 인형들이었습니다. 공룡이나 기차, 블록 장난감들도 인형들 옆에서 들러리를 서곤 했습니다.

인형 마을 식구로는 실바니안 동물 인형들이 많고요. 폭신폭신한 달님이 인형, 미국에 사는 언니가 보내준 바비 인형, 크리스마스에 산타가 두고 간 미미 인형들도 몇 개 됩니다. 어느 중고물건 가게에서 딸내미 이쁘다며 선물로 준 팅커벨 인형도 한참 동안 우리 식구였습니다. 저도 젊을 때는, 금발에 화장을 하고 지나치게 마른 이런 인형들은 내 아이에게 절대 주지 않겠다고 생각한 적이 있습니다. 하지만 세상만사가 뜻

대로 되지 않듯이 그런 인형들을 잔뜩 데리고 살게 되었네요.

딸내미들은 인형들 세상에서 참 잘 놀았습니다. 둘이서 속닥대느라 엄마를 잘 찾지도 않았지요. 둘째가 갓난아기였을 때 큰아이는 엄마가 아기 돌보는 걸 보고 따라서 인형을 돌보느라 샘을 덜 내기도 했으니, 참 고마운 인형들입니다. 아이들은 인형에 이름을 지어주고 생일도 정해줍니다. 좋아하는 색깔이나 음식도 다 다르다네요. 제 눈에는 다 똑같이 생긴 인형도 아이들한테 가면 다 다른 개성을 얻습니다.

인형들의 신상명세와 사연들까지 아이들은 저한테 종알종알 이야기를 하지만 저는 너무 많아 기억을 못 하겠어요. 그것뿐인가요. 딸내미 둘이 자라면서 인형들이 점점 늘어가고 인형들한테 필요한 옷가지랑 살림살이도 많아졌지요.

어느 날, 우리 딸들이 제게 종이 한 장을 두고 갑니다. 이게 뭘까요?

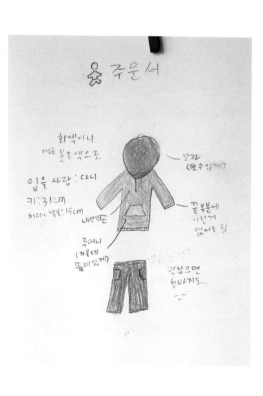

둘째가 살포시 놓고 간 옷 주문서

인형 옷 주문서라니!

우리 딸들, 엄마가 뭐든 다 만들 수 있는 줄 아나 봅니다. 하긴 저는 '꼬매기 대장'이니까요. 하지만 이런 꼼꼼한 주문서를 보고 있자니 주문서대로 한번 만들어보고 싶은 생각이 들더군요. 저는 그날로 인형 침모가 되었습니다. 원피스도 지어 입히고 파티에 입고 갈 드레스도 만들었지요. 모자도 만들고 망토도 지어 입혔고요. 아이들은 주문서를 내놓고 옷이 만들어지는 걸 신기하게 들여다봅니다. 그리고 중간 중간 주문을 수정하기도 하고요. 기다리다가 옷이 완성되면 '우와아' 감탄도 해줍니다.

인형 옷은 당연히 쓰고 남은 자투리 천이나 작아진 옷으로 만듭니다. 딸이 둘이니 똑같은 옷 두 벌을 크기만 다르게 사서 입히는 일이 많았는데, 큰애 옷을 둘째가 물려 입고 둘째 입던 옷은 작아져 못 입게 될 때가 있습니다. 그러면 작아진 그 옷으로 인형 옷을 만들기도 합니다. 그러면 우리 둘째는 언니랑 그랬던 것처럼 인형이랑 세트로 옷을 입게 되지요. 그리고 우리 솔이가 그 인형을 '내 동생'이라고 부르지요.

가끔 보물찾기처럼 '같은 천으로 만든 것 찾기'가 시작되기도 합니다. 그리고 추억이 담긴 옷이 다 해져서 버리기 전에 인형 옷이 되어 남기도 합니다. 아이들이 배냇저고리를 벗고 처음 입은 내복도 인형 옷으로 남아 있습니다.

어린 시절 저랑 언니한테는 인형이 딱 하나였어요. 옆집 현진이는 라라 인형이랑 바비 인형을 가지고 있었고 멋진 옷들이 엄청 많았습니다. 누르면 소리가 나는 피아노까지 있었습니다. 저랑 언니랑 함께 가지고 노는 인형은 가난해서 옷도 몇 벌 없었고 피아노도 없었지요.

그래서 저희는 양장점에서 자투리 옷감을 얻어 직접 인형 옷을 만들기도 했어요. 할 줄 아는 바느질은 홈질뿐이었지만 손수건으로 묶어 만드는 옷에 비하면 폼이 났습니다. 인형 옷을 만들면서 점점 바느질 솜씨가 늘었습니다. 문방구에서 파는 인형 옷들에는 조잡한 레이스랑 리본이 달려 있었지만 우리가 만든 옷에는 색실로 꽃수가 놓였지요.

엄마가 만들어준 끈 달린 원피스도 생각납니다. 하나도 예쁘지 않아서 엄마는 우리 마음을 참 모른다고 생각했어요. 그때를 생각하면서 저는 공들여 인형 옷을 만들었습니다.

언젠가는 어린이날 선물로 아이들에게 인형 이층침대도 만들어주었지요. 이불과 베개도 만들고요. 실은 선물 사줄 돈이 없어 만든 건데, 아이들은 그런 취향도 엄마를 닮은 건지 파는 장난감보다 엄마가 만든 장난감들을 더 좋아했습니다.

하긴 만들어 가지는 장난감은 얼마든지 맘대로 설계도 할

✕✕✕
작아진 잠옷으로 인형에게 같은 잠옷을 만들어주었습니다.

수 있고, 만들다가 마음이 바뀌어도 중간에 고칠 수도 있고 그렇지요. 우리는 두꺼운 종이를 사다가 커다란 인형집도 함께 만들었습니다. 추운 겨울 밖에 나가 놀기 힘들 때면 집안에서 함께 인형 집을 짓고 인형들 살림살이를 만들면서 놀았습니다. 철사를 구부린 다음 천을 씌워 텐트도 만들고 천과 리본으로 해먹도 만들고요. 새로운 놀이를 계속 궁리해내는 것보다 그 편이 더 쉽고 편하더라고요.

실은 어린 시절에 못 가져보았던 것들을 실컷 만들면서 제가 더 즐거웠던 것 같습니다. 인형들 세상은 우리가 마음대로 상상할 수가 있으니 삼층으로 만든 종이집도 백층이라고 치면 그만이고, 바느질해서 만든 망토도 마법 망토가 됩니다. 계단이 없어도 어디든 점프해서 올라가고, 정하는 대로 강과 숲이 생겨나지요.

가끔은 아이들이 친구들하고 인형놀이 하는 걸 살짝 엿듣기도 합니다. 학원을 많이 다니는 녀석은 인형들을 몽땅 학원에 보내고요. 멋 부리기 좋아하는 녀석은 끊임없이 인형 옷을 갈아입히더라고요. 요즘 아이들은 우리 때와 다르게 인형놀이를 하면서 그걸 동영상으로 찍기도 합니다.

인형 세상에서는 선생님이나 엄마 아빠가 길게 말하는 법이 없습니다. 솜을 넣은 헝겊 인형이든 플라스틱 인형이든 큰

인형들에게 옷을 지어주고
모자도 떠주었지요

XXX

인형들을 위해 만든 해먹과 텐트

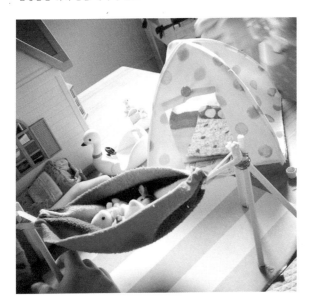

인형이든 작은 인형이든 다 친구가 되고, 괴물과 도깨비는 나오지만 아이들을 괴롭히는 어른은 등장하질 않습니다.

지금은 아이들 손이 많이 가지 않아 먼지가 쌓이고 있지만, 이름을 붙여주고 생일을 정해준 인형들은 절대 버릴 수가 없습니다. 상자에 넣어 정리하자고 해도 늘 우리 딸들은 "또 가지고 놀 거예요"라고 말합니다. 모두 잠든 밤에 기다리다 못한 인형들이 제가 만든 옷을 입고 신나게 놀지도 모를 일이지요.

아이들 헌 옷으로 만드는 머리끈

요즘 천으로 만든 머리끈을 많이 하지요. '곱창밴드'라고도 하고 '스크런치'라고도 하더라고요. 여러 가지 색 천 머리끈이 참 곱습니다. 집에서 간단히 만들 수 있습니다. 안 입는 아이들 여름 옷을 잘라 만들면 좋습니다. 저는 여름 원피스 아랫단을 잘라 만들어보았어요.

××××××××××××××××××××××××××××××××××××××

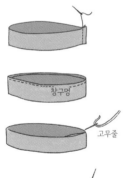

① 먼저 가로 50센티미터 세로 10센티미터 정도의 직사각형 모양으로 잘라줍니다. 길이와 폭은 마음대로 정하면 됩니다. 길이를 길게 하면 주름이 풍성하게 잡혀요.
② 세로를 마주 대고 박아줍니다.
③ 원통형이 된 원단을 가로로 반 접어 창구멍을 남겨두고 박아줍니다.
④ 뒤집어서 고무줄을 끼워줍니다. 고무줄 양끝을 잡아 당겨 묶거나 바느질해줍니다.
⑤ 창구멍을 감침질로 막습니다.
⑥ 완성! 머리를 묶어보세요.

Part 2

×

홈질,
앞으로 앞으로
바지런히

엄마한테 배웠습니다

　제가 자랄 때에는 어지간한 것들은 죄다 집에서 배웠습니다. 밥하고 반찬 만드는 것부터 먼지 털고 걸레질하는 법, 성냥 켜고 연탄 가는 법, 온갖 물건들을 아껴 쓰는 법이랑 남의 집에 갔을 때 지켜야 할 범절까지 다 엄마한테 배웠습니다.

　구멍 난 양말 꿰매기, 단추 달기, 뜨개질 하는 법도 엄마한테 배웠지요. 인터넷도 없고 유튜브도 없던 시절이었습니다. 홈질, 박음질, 공그르기도 엄마한테 배웠습니다.

　어릴 적 엄마는 우리 삼남매한테 옷을 떠서 입히고는 했습니다. 그 시절 엄마들이 다들 하던 그대로요. 엄마는 뜨개질 솜씨가 별로 없는 편이었던 것 같아요. 자주색 스웨터에 흰색 줄무늬가 한 줄 들어 있던 게 생각납니다. 따갑고 큼직한 스웨터였어요. 엄마는 따뜻하고 돈이 안 든다는 이유로(헌 실을 풀어 다시 떴거든요.) 바지도 짜주었는데 그 바지가 너무너무 싫었던 기억이 납니다. 내복 위에 그 뜨개 바지를 입으면 더운데다가 무릎이 튀어나오고 모양이 참 보기 흉했거든요. 하지만 그 옷이 싫다고 말하지 못했습니다. 엄마가 힘들여 뜨는 걸 보았으니까요.

엄마가 우리들 입힐 스웨터를 뜰 때 그 옆에 앉아 자투리 실을 얻어 가지고 네모난 냄비 받침이랑 인형 치마를 떴습니다. 엄마한테 뜨개질을 배울 땐 귀를 쫑긋 세우고 눈을 크게 뜨고 정말 집중해서 보았습니다. 잘 못 알아들으면 더 안 가르쳐줄까봐 걱정이 되었거든요. 엄마한테 배운 고대로 남동생에게 가르쳐주었습니다.

엄마는 내가 뜬 매끈하고 단정한 냄비받침보다 동생이 뜬 걸 더 좋아했어요. 사내 녀석이 이런 것도 잘한다면서요. 샘이 나서 더 예쁘게 떠보려고 애를 썼습니다.

엄마는 수를 잘 놓았습니다. 수예점에서 일거리를 받아다 양말목에 꽃 수를 놓거나 테이블 보에 수를 놓기도 했습니다. 동네 아주머니들도 넉넉지 않은 살림에 보태려고 다들 부업을 하곤 했어요. 그 시절 엄마들의 부업거리는 인형에 솜 넣기, 인형 눈알 달기, 호치키스 심 상자에 넣기 같은 것들이었

×××

엄마는 부업으로 테이블 보에 수를 놓았지요

습니다.

우리 살던 동네가 이태원이라 참 특이한 부업도 있었어요. 스트립쇼에 쓰는 속옷에 반짝이를 다는 일도 하는 걸 본 적도 있지요. 엄마랑 아주머니들이 너희들 보면 안 된다고 얼른 가라고 했지만 비늘 같은 반짝이들이 어찌나 신기하던지요. 그 부업들을 할 때도 대개 바늘과 실을 들어야 했습니다.

그 시절 엄마나 다른 집 아주머니들한테 바느질은 재미로 하는 취미가 아니었습니다. 밥하고 빨래하는 것처럼 살림하는 여자라면 웬만큼은 해야 한다고 여겼던 것 같아요. '바느질 잘하는 여자는 참하다'는 별로 맘에 안 드는 이야기도 이 시절 동네 아주머니들한테 잔뜩 들었습니다.

바느질과 뜨개질을 좋아하고 빨리 배웠던 저는 동네 아주머니들한테 사랑을 듬뿍 받았지요. 딱 한 분 우리 외할머니는 제가 바느질하는 걸 못마땅해하셨어요. 쪼그리고 앉아 바느질하는 저를 보고 "여자가 손재주 있으면 팔자 사나워진다"고 하지 말라고 그러셨습니다. 저는 속으로 '절대 그럴 리 없다'고 되뇌면서 바느질을 했지요.

아홉 살 때인가 엄마 하는 걸 보고 바느질을 시작했던 것 같습니다. 엄마가 내주는 자투리 천으로 인형 옷도 만들고 조그

만 주머니 같은 것도 만들면서 놀았습니다. 학교 숙제로 해야
했던 바느질이나 자수도 재미있었습니다. 제 것만 하기에는
성에 안 차서 언니 것도 달라고 뺏어서 대신 하고는 했지요.
가사 선생님이 숙제로 내준 바느질이나 프랑스자수 같은 걸
하고 있으면 엄마는 꼭 뒤집어서 뒷면을 보자고 했습니다. 앞
면만큼 뒷면도 곱고 가지런히 잘 되었는지 보라고 말이에요.
그때마다 제 바느질감 뒷면은 엉망진창이었어요. 그러면 엄
마는 바느질도 그렇지만 다른 모든 일도 안 보이는 곳에까지
정성을 들여야 한다고 했습니다.

엄마는 옛날 여고 시절 이야기를 꺼내기도 했습니다. 예전
에는 여고 시절 만든 수예품들을 다 혼수로 가져갔다고 했어
요. 엄마는 할머니가 놓던 전통 자수보다 학교에서 배운 프랑
스 자수가 무척 세련되어 보였나 봅니다. 졸업한 지 꽤나 오래
되었을 텐데 스티치 이름 하나 하나 다 알고 있었고, 시간과
돈이 허락된다면 언제든지 예쁜 수예품들로 집안을 꾸밀 거
라고 했습니다.

엄마한테는 그런 예쁜 수예품을 만들 여유가 없었지만 늘
바느질거리가 있었습니다. 이불 홑청을 뜯어 빨아서 다시 꿰
매야 했고, 우리한테 학교에 가져갈 걸레도 만들어주어야 했지
요. 동네 언니들한테 얻어온 옷도 우리 키에 맞게 바짓단을 줄

여주어야 했고, 구멍 난 양말을 꿰매야 했습니다. 예민하고 깔끔한 아버지 옷을 수선할 때는 엄마가 엄청 공을 들였던 기억도 납니다. 하늘색 옷 솔기가 떨어져 고치는데 하늘색 실이 없었어요. 엄마는 흰 실과 파란 실을 꼬아 바느질을 했는데 바느질을 다 하고 보니 하늘색인 것처럼 감쪽같았습니다. 엄마는 어떻게 그런 기술들을 다 알고 있는지 너무너무 신기했습니다.

언젠가 여름이었는데요. 입고 나갈 옷이 마땅치 않아 속상해하던 엄마가 옷을 고치던 기억이 납니다. 전에 입었던 옷인지 어디서 얻어 온 건지는 모르겠지만 엄마가 입기엔 품이 작은 블라우스를 한 벌 꺼냈어요. 그리고 블라우스 옆선을 트고 소매를 짧게 자르더니, 소매 자른 천으로 품을 늘리는 겁니다. 저는 그 솜씨가 너무 신기해서 끝까지 구경하고 있었어요. 그 옷을 입고 어디를 갔는지 기억은 나지 않지만, 밖에서도 엄마가 입은 블라우스를 자꾸자꾸 쳐다보았습니다. 그때 그 일이 계속 기억에 남아, 속상해서, 엄마 생신 때 삼남매가 용돈을 모아 남대문에 가서 남방을 한 벌 사다 드리기도 했습니다.

시간이 지나고 한참 동안 그때 일이 꽤 가슴 아프게 남아 있었습니다. 친정에 갈 때나 아이들 학교에 갈 때 변변한 옷 한 벌 없어 엄마는 얼마나 속이 상했을까요. 옷뿐 아니라 엄마는 가진 게 별로 없었지요. 화장품도 멀쩡한 게 없어서 다 닳은

립스틱 뚜껑을 열고 새끼손가락으로 찍어 바르기도 했습니다. 나중에 돈을 벌게 되면 엄마한테 옷도 사드리고 화장품도 사드리고 커다란 집도 지어드리고 싶었습니다. 하지만 너무 일찍 우리 곁을 떠나셨지요.

세월이 지나 이제는 제가 엄마가 하던 대로 옷을 고쳐 입습니다. 입을 옷이 정 없지는 않지만, 정든 옷을 그냥 버리기 싫어서, 일할 때 좀 더 편하게 입고 싶어서 품을 늘리기도 하고 소매를 자르기도 합니다. 남들이 볼 때는 궁상맞아 보일지도 모르지만, 생각했던 대로 오리고 바느질해 고쳐 짓는 과정도 재미나고 안 입던 옷을 더 입을 수 있으니 신이 나기도 합니다.

그러면서 잠깐 생각을 해보았어요. 예전 품이 작은 블라우스를 고치던 게 엄마한테는 별로 속상한 일이 아니었는지도 모른다는 생각을요. 저만 혼자 가슴 아파했던 걸까 하고요. 혹시 그렇다면 엄마한테 참 미안한 일입니다. 돌아가셨으니 물어볼 수도 없게 되었네요.

아무튼 저는 엄마한테 배운 걸 여태 잘 써먹고 있습니다. 잘 배웠다가 야무지게 써먹고 있는 제 자신이 참 기특합니다. 그리고 엄마가 가르쳐준 대로 잘 쓰고 있는 바느질이, 우리 엄마 이광자 씨가 오십 년 인생을 나름 잘 살아냈다는 것에 한 숟가락 정도는 보탬이 되지 않나 하고 생각합니다.

이모네 뜨개질 방

엄마의 언니인 이모는 집에 앉아 돈을 버는 여자로, 온 동네 아주머니들의 부러움을 샀습니다. 이모는 20년 동안 뜨개질을 했는데, 그게 요즘 보는 그런 뜨개질 방이 아니었어요. 식구들 입을 옷을 뜨거나 시장에 내다 파는 게 아니라, 이모가 뜬 스웨터 앞판은 공장을 거쳐 외국으로 수출이 되었습니다.

무늬를 잔뜩 넣은 앞판을 짜서 니트 공장에 갖다주면 기계로 뒤판과 팔을 짜서 잇는다고 했습니다. 그렇게 완성한 스웨터를 다른 나라로 수출한다고요.

암호 같은 뜨개 기호가 가득 담긴 도안을 보고 이모가 스웨터 앞판을 짜놓고 동네 아주머니들에게 이렇게 이렇게 짜라고 알려주고 실도 나눠주었습니다. 이모랑 동네 아주머니들이 뜨개질을 해서 몇십 장씩 쌓아두면 공장 직원이 와서 가져가곤 했습니다. 이모는 방 세 개 중 하나를 뜨개질 방으로 만들어 두고 일을 하셨지요.

이모네 집에 놀러 가면 가끔 언니와 제게 심부름을 시키기도 했지요. 스웨터 앞판을 짤 실과 이모가 짠 샘플을 다른 집에 가져다주고 다 짠 스웨터들을 가지고 오는 것이었어요.

이모네 집에는 늘 아주머니들이 많아 잔칫집 같았습니다. 일감을 받아가고 가져오느라 들르기도 하지만, 자리를 잡고 앉아 수다를 떨며 함께 뜨개질을 하기도 했습니다. 애들 얘기, 남편 얘기, 반찬 하는 얘기, 온갖 집안 얘기들이 오갔고, 어쩌다 뜨개질거리가 좀 한가하면 화투판을 벌이기도 했지요.

거기 모이는 아주머니들 뜨개질 솜씨는 정말 신기할 정도였어요. 처음 샘플을 짤 때만 빼놓고는 대부분 손들이 자동으로 움직입니다. 잽싸고 정확한 손놀림들을 저는 늘 넋을 놓고 바라보았습니다. 일하는 데 방해가 될까봐 뜨개질을 배우고 싶어도 물어보질 못했습니다. 엄마는 기본 뜨기만 알려주고 무늬뜨기를 가르쳐주질 않았거든요. 이모랑 아주머니들이 하는 걸 잘 봐두었다가 따라 하곤 했습니다. 손이 너무 빨라 알아보기도 힘들었지요.

이모네 뜨개질 방에서 짜는 스웨터들은 참 화려하고 예뻤습니다. 엄마가 짜주는 옷들은 '따뜻하기'가 지상 최대의 과제인 것처럼 멋도 내지 않아 수수하고, 때 타지 말라고 색도 어두웠지요. 이모가 뜨는 옷들은 색도 곱고 무늬도 화려했습니다. 브이넥으로 깊게 앞이 파인 옷도 있었고 신기한 장식이 달린 것도 있었지요.

저는 공장에서 완성된 스웨터가 배를 타고 멀리 다른 나라로 실려가 유럽 어느 나라 예쁜 소녀에게 입혀지는 걸 상상해보기도 했습니다. 그 옷을 한 번만 입어보고 싶었는데 그러질 못했습니다. 이모가 우릴 위해 스웨터를 떠준 적도 있는데 그 옷도 엄마가 짜준 것처럼 수수하고 따뜻하고 때 안 타는 옷이었지요. 이모는 매일 뜨는 멋스러운 판매용 옷이 아이들에게 입히기에 마땅하지 않다고 생각했나 봅니다.

뜨개질 방에는 대바늘, 줄바늘, 쪽가위가 수십 개씩 쌓여 있었고, 공장에서 가져온 실타래를 감기 위해 실 감는 기계도 있었습니다. 커다란 맥주병 두 개에 실타래를 걸쳐두고 기계를 돌리면 착착 소리가 나면서 실패에 실이 감겼지요. 화려한 무늬를 넣어 뜨기 때문에 온갖 색실들이 다 있었습니다. 여러 색이 그러데이션 되어 있는 실, 작은 솜 방울이 달려 있는 실, 반짝이는 실도 있었습니다. 엄마나 동네 아주머니들이 아이들한테 짜주는 목도리나 스웨터는 회색이나 자주색, 빨강이나 검정이 대부분이었지만 이모네 뜨개질 방에는 온갖 색실들이 다 있었지요.

일이라는 게 대개 그렇듯이 갑자기 몰아칠 때도 있어서, 이모는 잠 못 자고 살림도 못 하고 어깨가 빠지도록 뜨개질을 할 때도 많았을 겁니다. 그래도 이모는 돈 벌고 살림 일구는 재미로 스무 해가 넘도록 뜨개질을 했습니다.

이모네 집에서 가져온 실들로 뜨개질을 꽤나 했습니다. 실 값이 참 비싸서 뭘 떠보겠다며 새 실을 사달라고 말할 수가 없었습니다. 실을 사야 했다면 어린 시절 뜨개질을 실컷 할 수 없었겠지요. 이모네서 얻어온 실은 공장에 보낼 옷을 다 짜고 남은 자투리 실이었지요. 한 벌을 제대로 뜰 만한 실들은 하나도 없어서 여러 실을 잇고 섞어야 했습니다. 아쉽기도 했지만 그래서 더 재미났습니다. 이모네 화려한 실은 인형 옷을 뜨기에도 그만이었습니다.

목도리랑 방석 같은 걸 줄창 뜨다가 처음으로 입을 만한 스웨터를 뜬 게 중학교 2학년 때였습니다. 머릿속으로 어떤 모양으로 뜰지 생각하고 또 생각했던 게 기억납니다. 무늬뜨기도 배웠지만, 그냥 밋밋하게 짜고 색을 잘 넣고 싶었습니다. 세 가지 색을 아래서부터 넣고 위쪽은 흰색으로 했습니다. 목 부분이랑 소매는 때가 탈까 봐 짙은 파란색으로 떴지요. 거기에 언니가 준 조그만 브로치도 달았습니다.

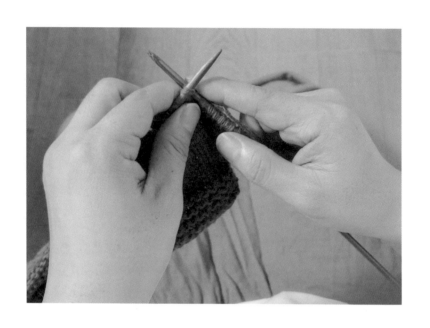

×××

뜨개질은 바느질하고 닮은 점이 많지요.

식구들하고 친구들한테 내가 혼자 뜬 옷이라며 자랑을 했습니다. 한번 떠보니까 뭐든 다 할 수 있을 것 같아서 조끼도 뜨고 스웨터도 뜨고 숄도 뜨기 시작했지요.

암 투병을 하느라 머리카락이 다 빠진 엄마한테 털모자도 떠드리고, 바짓단으로 바람 들어갈까봐 발 토시도 떠드리고 했습니다. 어릴 때라 엄마한테 해드릴 게 그것뿐이었어요. 그때 뜨개질을 배워두길 잘했다고 생각했습니다.

바느질에 비해 뜨개질에 참 좋은 점이 있습니다. 도구들을 가지고 다니기 좋다는 것이지요. 실 뭉치랑 뜨개바늘은 가방에 넣어 가지고 다니기에도 좋습니다. 그래서 예전 직장을 다닐 때 통근 버스 안에서도 뜨개질을 했습니다. 병원에서 진료 순서를 기다릴 때에도 뜨개질을 하고 있으면 시간이 잘 가지요. 지금은 아이들을 데리고 캠핑을 갈 때도 뜨개질 거리를 가지고 갑니다. 나무 밑에 앉아 살랑이는 바람을 맞으며 뜨개질을 하고 있다가 아이들이 부르면 언제라도 던져두고 일어설 수 있어 좋습니다.

한 코 한 코 떠서 만들어가는 것, 규칙적인 리듬이 있는 것, 손에 잡히는 실체가 있는 것을 만드는 것, 그래서 기쁨을 주는 것. 뜨개질은 바느질과 비슷한 점이 많지요.

×××
자투리 실을 모아
무릎담요를 떴습니다.

×××
온갖 다른 실들이 모여
한데 어울립니다.

×××
엄마한테 떠드린 털모자

엄마한테 배우고 이모 어깨 너머로 배운 터라 저는 뜨개질을 아주 기본만 할 줄 압니다. 그 기본적인 뜨개 기술로 사십 년이나 온갖 것들을 다 뜨고 살았지요. 방구석에 앉아 혼자서만 뜨개질을 한 탓에 새로운 것을 배우는 데 참 게을렀습니다.

기회가 된다면 스웨터에 주머니 입구를 사선으로 다는 방법도, 모자를 다는 법도 배우고 싶습니다. 여럿이 모여 앉아 서로 서로 가르쳐주고 배워가며 함께 하는 뜨개질 모임이 참 부럽기도 합니다. 이모네 모여서 뜨개질을 함께하던 동네 아주머니들이 삶을 나누었던 것처럼, 저도 그런 뜨개질 친구들을 만나고도 싶습니다.

우리 동네 대림시장에 있는 '순영 뜨개방'에 가서 할머니들 사이에 앉아 한번 제대로 배워볼까, 생협에서 열린다는 모임에 한번 나가볼까 생각도 해봅니다. 그러다 또 더 중요하고 다급한 일들 때문에 미루고 미루게 됩니다. 하지만 언젠가는 꼭 배우고 싶습니다. 그리고 또 언젠가는 "배워두길 참 잘했어"라고 말하는 날이 오겠지요.

×××

이모네 뜨개질 방하고는 다르지만
뜨개질 고수들이 모여 있는 우리 동네 순영 뜨개방

저한테는 딸이 둘 있습니다. 차분하고 다정하고 조용한 녀석들입니다. 딸이 둘이나 있다니, 저는 참 복이 많지요.

저랑 친하게 지내는 사람들이 저한테 가장 많이 하는 말이 이런 말입니다.

"이거 집에서 만든 거야?"

그렇다고 하면 어떻게 무얼 가지고 만들었는지 수다가 시작되지요. 만든 게 아니라 산 거면 한번 만들어볼 수도 있겠다고 의논을 하기도 하고요.

그리고 또 자주 듣는 말이 있습니다.

"그 집 애들도 엄마 닮아 솜씨 좋겠네. 집에서 좀 가르쳐봤어?"

제가 우리 집 애들은 바느질에 영 관심이 없다고 하면 다들 놀라지요.

저는 정말 아이들이 부모가 하는 걸 고대로 따라하며 크는 줄 알았어요. 그래서 아이들 앞에서 모범을 보이려고 동네 사람들에게 싹싹하게 인사도 잘 하고, 무단횡단 같은 것도 절대 안 하고, 책 읽는 모습도 많이 보여주었지요. 그리고 제가 좋아하는 걸 아이들도 좋아하리라 믿었고요.

애들 아빠도 책을 좋아해서, 온 식구가 다 같이 도서관이나 근처 카페에 가서 각각 책을 읽다 오는 느긋한 일요일을 기대하곤 했지요. 그리고 저는 무엇보다 발늘하고 둘러앉아 바느질하는 날을 얼마나 기대했다고요.

그런데 아이들 키우는 일은 참 생각대로 되질 않더라고요. 맨날 같이 밥을 먹으면서도 좋아하는 음식이 다 다른 것처럼, 닮아 보이는 두 아이도 자세히 보면 잘하는 것도 좋아하는 것도 다 다르더라고요. 또 제가 자라던 시절과 지금은 참 다르니, 제가 좋아하는 일이라고 해서 권하는 게 맞는 일인가도 싶습니다.

지금 우리 아이들은 제가 잘 모르는 여러 가지에 관심이 많습니다. 제가 잘 모르는 음악들을 즐겨 듣고, 제가 보기엔 영 시시한 것들에 몰두해서 시간을 보내곤 합니다. 아까는 둘이서 추리 게임인지 뭔지를 만든다고 한참을 속닥거리더라고요.

그래서 그런지 일요일 카페에 가서 책을 읽는 일은 몇 번 하다가 집어치우고 말았고요. 딸들하고 모여 앉아 바느질하는 건 시작도 해보질 못했습니다.

하긴 저희 세 남매도 좋아하고 잘하는 게 다 다르지요. 언니랑 저는 책을 좋아하고, 막내는 수학을 좋아하고요. 그림 그리는 건 저만 좋아했고, 바느질도 언니는 싫어했어요. 시대를 앞서가는 멋진 여성이고 싶던 언니한테 바느질은 너무 궁상맞아 보였는지도 모르겠습니다.

그래도 저는 바느질에 관심 없는 아이들이 섭섭하기도 합니다. 아이들도 저처럼 바느질을 좋아하면 얼마나 재미날까요. 좋아하는 게 같으면 얼마나 더 친하고 가까워지겠어요.

아이들이 어렸을 때는 제가 바느질을 하고 있으면 다가와 지켜보곤 했지요. 나면서부터 엄마가 바느질해 지은 옷들을 입고 바느질해 지은 이불을 덮었고, 엄마가 신이 나서 바느질하는 모습을 늘 보고 자랐지요. 아이들은 제가 바느질하는 옆에 와서 이것저것 만져보고 싶어했습니다. 그때 손에 좀 쥐어줄 것을, 그러질 못했네요. 행여 바늘에 찔릴세라 가위에 베일세라 좀 더 크면 하거라 했지요. 애써 낸 호젓한 제 시간을 방해받고 싶지 않아 그러기도 했을 겁니다.

그러더니 어느 날부터인지 만져보고 해보겠다는 말을 안

하게 되었습니다. 바느질을 하고 있으면 아이들은 "뭐 만드세요?" 하고 물어볼 뿐이지요.

그리고 제가 바느질을 하는 시간이 아이들한테는 참 좋은 시간입니다. 엄마가 잔소리를 하지 않는 시간이니까요. 제가 바느질을 하고 있으면 아이들은 조용히 방으로 들어가 하고 싶은 일들을 실컷 하지요.

그런데 살아가는 데 바느질이 필요하다는 사실을 선생님들도 잘 알고 있나 봅니다. 학교에서도 바느질을 배우더라고요. 큰애가 어느 날 학교에서 바느질을 배운다고 합니다. 저는 너무 신이 나서 반짇고리를 만들어주고 바늘꽂이에 아끼는 바늘들도 꽂아주었습니다. 그리고 학교 끝나고 온 아이에게 바느질한 거 어땠냐고 물어보았지요. 그랬더니 우리 딸이 자기는 바느질에 소질이 없답니다. 만들어놓은 걸 보니 삐뚤 빼뚤 삐죽 빼죽 난리입니다. 평소에 그림도 곧잘 그리고 만들기도 잘하는데 이건 왜 그럴까요?

그러고 보니, 2학년 때인가 『어린이 손바느질』 책을 사달래서 사주고 같이 해보았던 기억이 납니다. 그때도 핸드폰 주머니 하나 만들더니 더 안 한다고 던져버렸지요.

저는 포기하지 않고 언니보다 더 손재주가 좋은 둘째 녀석한테 기대를 걸어보기로 했습니다. 둘째한텐 뜨개질을 먼저

×××

책을 펼쳐놓고 바느질을 합니다.

×××

딸에게 반짇고리도 만들어주었습니다.

×××

큰아이가 바느질해 만든 것들

가르쳐보았습니다. 처음에는 좋다고 앉아서 열심히 따라 하더라고요. 그러더니 곧 제 설명을 이해를 잘 못하겠는지 짜증을 내며 안 한다고 가버리네요.

어떻게 이럴 수가 있지요? 아이들이 저를 쏙 빼닮아, 누군가는 우리 모녀를 보고 '유전자의 신비'까지 느꼈다고 했는데 말입니다. 그 유전자 중에 '바느질 유전자'는 없는 걸까요?

생각해보면, 제가 좋은 선생이 아니어서 그럴지도 몰라요. 옛날에 우리 엄마처럼 찬찬히 가르쳐주기만 했어도 아이들이 바느질하는 재미를 느꼈을지도 모릅니다. 그러니 성질 급하고 욕심 많은 저를 탓해야지요.

솜씨가 좋든 안 좋든 아이들이 언젠가 바느질을 꼭 배워두면 좋겠습니다. 살아가는 데 필요한 기술이 여럿 있잖아요. 남에게 의지하거나 돈을 주고 사거나 하지 않고 자기 힘으로 하면 좋을 일들. 저는 그런 기술들이 삶을 풍요롭게 한다고 믿습니다. 음식을 만들거나, 식물을 키우거나, 목공을 하는 일들이 그렇습니다.

바느질도 그런 기술 가운데 하나이지요. 바느질을 할 수 있다면 천으로 만든 물건이 망가졌을 때 고쳐 쓸 수 있을 테고요. 자기가 쓰는 물건들을 직접 만드는 기쁨을 누릴 수 있을 겁니다. 그러니 언젠가 아이들과 찬찬히 바느질을 함께 해보고 싶습니다.

우리 아이들은 바느질에는 관심이 없지만, 배우는 게 하나 있습니다. 옷 한 벌, 커튼 한 자락, 주머니 하나에도 얼마나 품이 많이 들어가는지, 손바느질을 하건 재봉틀을 쓰건 사람의 정성과 수고가 얼마나 많이 들어가는지를 엄마가 하는 걸 보아 알고 있어요. 네모난 천을 자르고 옷본을 따라 그리고 마름질하는 과정, 바느질하고 다림질을 하고 단추를 다는 과정, 아니 처음 어떤 옷을 만들지 궁리하는 순간부터 마지막 완성되는 순간까지 지켜보니까요. 어떤 물건이든 만드는 과정을 잘 살펴볼 필요가 있는 것 같습니다.

마트 매대에 쌓여 있는 수백 장 티셔츠 가운데 한 장도, 어느 가난한 나라 공장에서 소녀들이 밤잠 못 자고 만든 것이니까요. 만 원에 세 장씩 판다고 그 옷을 사다가 아무렇게나 입고 아무렇게나 버린다면 참 속상한 일입니다.

엄마의 바느질을 보고 자란 아이들은 쉽게 사고 쉽게 버리는 일을 잘 하지 않습니다. 옷 한 벌도 떨어지고 작아질 때까지 실컷 입고 나서 버리지 않고 쓸 곳을 생각합니다. 그러니 쪼그리고 앉아 바느질을 하고, 이렇게 이렇게 만들고 있노라고 설

×××

아이들이 그려준 꽃신

명을 해주고, 아이들 주문대로 만들고 고쳐주는 일들이 보람찬 것이지요.

언젠가 애들 아빠가 저 신으라고 얻어 온 신발이 한 켤레 있었어요. 새것인데다 제 발에도 딱 맞았지만 그게 글쎄 꼭 실내화처럼 생긴 겁니다. 선뜻 신고 나가고 싶지 않아 처박아두려는데 막 좋은 생각이 났습니다. 딸들하고 그림을 그려보기로 한 것이지요. 신발에 마카랑 네임펜으로 꽃 그림 잎사귀 그림을 그려 넣으니 세상에 하나밖에 없는 꽃신이 되었습니다. 아이들이 정성껏 그려준 화사한 꽃신을 신으니 마음까지 밝아졌습니다.

가만 생각해보니, 아이들이 바느질을 잘 못한데도 상관없습니다. 아이들이 다행히 제 '음치 유전자'를 물려받질 않은 것처럼, 엄마를 닮지 않아 좋은 점도 많습니다. 게다가 이런 솜씨와 마음씨를 가지고 있으니까요.

하지만 아이들이 언젠가 바느질을 배우겠다고 하면 저는 신이 나서 잘 가르쳐줄 겁니다. 전처럼 욕심 부리지 않고 우리 엄마가 했던 것처럼 찬찬히 잘 알려줄 생각이에요.

헝겊 한 조각에 담긴 의미

바느질을 하려면 바늘과 실, 그리고 천이 필요합니다. 저희 집에는 바늘과 실, 시침핀과 가위 같은 도구들이 든 반짇고리 말고도 바느질을 위한 천 상자가 있습니다. 고무줄과 레이스, 단추들, 가방 끈, 지퍼 같은 것들과 여러 가지 천들이 가득 들어 있지요.

어느 날 우리 집에 놀러온 친구가 제 바느질 상자를 보더니 한마디 하더라고요. 계산도 잘하고 돈도 잘 모으고 알뜰살뜰한 친구는 그럽니다.

"옷 안 사고 직접 만든다더니 배보다 배꼽이 더 크겠어."

"이거 비싼 천이지?"

맞아요. 바느질한다고 만만치 않게 용돈을 탕진했지요.

인터넷 원단 쇼핑몰에서 저는 가끔 넋을 잃곤 했습니다. 예쁜 천들이 어쩌나 많은지, 일도 하기 싫고 잠도 안 올 때 컴퓨터나 핸드폰으로 천 구경을 하며 황홀해했지요. 다들 아시겠지만, 인터넷으로 구경을 계속 하다 보면 눈이 엄청 높아집니다. 외국에서 만든 천들은 어찌나 독특한지, 작가의 그림이 들어간 일러스트 컷 원단은 또 어찌나 멋진지요.

거기다 하나만 사면 될 게 아닙니다. 거기에 어울리는 배색 원단을 또 찾아야지요. 그 위에 달 단추랑 레이스도 찾아야지요. 색이 자연스러운 천연 염색 원단이나 나쁜 물질을 넣지 않고 유기농으로 만든 원단일수록 더 비쌉니다. 거기다 미리 세탁하는 수고를 덜어주는 워싱 원단도 따로 있지요. 게다가 독특하고 멋진 원단일수록 또 금방 다 팔려버리고 마니 남들보다 먼저 사들여야 합니다.

그런 인터넷 쇼핑몰 홈페이지에는 기가 막힌 솜씨를 자랑하는 회원님들도 아주 많이 보인답니다. 철마다 유행하는 디자인, 유행하는 원단이 다 달라서 볼 때마다 늘 새롭고요. 한동안은 저도 소위 '금손'이라는 이들의 블로그를 찾아다니면서 눈 호강을 하곤 했습니다. 그리고 저도 만들어 자랑하는 일에 열을 올리기도 했지요. '금손'만은 못 하지만 제가 만든 아이 옷들이나 소품을 보고 감탄해주는 댓글들에 뿌듯했습니다. 신도 났고요.

그러다 보니 사진을 찍기 위해 바느질을 하는 지경이 되기도 했습니다. 신지도 않는 덧신을 만들고, 쓰지도 않는 컵홀더도 만들었습니다. 그리고 점점 더 예쁘고 더 폼 나는 걸 만들고 싶더라고요. 그러려면 멋진 재료를 사는 게 정말 정말 중요한 일이 되지요. 그러다 보니 정말 공들여 수선한 헌 옷들이 볼품없어 보이고, 헌 옷을 잘라 새롭게 만든 옷도 허름해 보였습니다.

쉽게 사고 쉽게 버리는 게 싫어 직접 만들어 쓰겠다고 해놓고는, 유행하는 고운 천에 눈이 돌아가 꼭 필요하지 않은데도 욕심 부려 천들을 사대다니, 제가 생각해도 참 어이없는 일입니다.

어딘가에서 들으니 청바지 한 벌 만드는 데 물 팔천 리터가 들어간대요. 목화를 재배하고 면을 짜고 염색하는 데 어마어마한 물이 쓰이는 것이지요. 사람이 먹고 입고 자고 하는 데 쓰는 것들이 다 자연을 약탈하지 않고는 만들 수 없다니 살아가는 게 죄스럽기까지 합니다. 그렇게 만든 천들을 사들이고, 단지 제 즐거움을 위해 쓸데없는 물건들을 만드는 것도 참 죄스러운 일입니다.

그리고 취미 생활을 위해 그저 돈을 쓰니, 기쁨보다 허전함이 생기게 되지요. 그리고 지구에 안 좋은 일이 제 통장에도 안 좋은 일입니다. 그걸 깨닫게 된 후부터는 천을 사들이는 일에 신중해지게 되었습니다. 그렇다면 바느질할 천들을 어디에서 구해야 하는 걸까요?

처음 바느질을 하던 어린 시절에는 동네 양장점에서 자투리 옷감을 얻곤 했습니다. 그때만 해도 옷감이 현금하고 비슷한 구실을 하던 때지요. 사촌 올케가 예단이라며 아버지 양복감과 엄마 한복감을 끊어 보내왔던 기억도 납니다. 인형 옷 만들라고 엄마가 귀한 옷감을 내줄 리가 없었습니다. 어쩌다 학교 가사 시간에 필요해서 멀쩡한 옷감을 살 때는 설레어 가슴이 두근거렸지요. 그때도 돈이 없으니 늘 싼 것만 싼 것만 찾았습니다.

실컷 바느질을 하고 인형한테 옷 장만을 해주려면 천이 필요했습니다. 집에는 허투루 버리는 천이 별로 없었습니다. 식구들 입던 속옷은 잘 잘라 걸레로 썼고, 옷들은 해지고 닳도록 물려 입었으니까요.

그러다가 동네 양장점에 가서 자투리 옷감을 얻으면 되겠다는 생각이 났지요. 양장점에 가서 자투리 좀 달라고 하면 주인 아주머니가 엄청 다정하게 챙겨주었습니다. 어린아이가 뭘 좀 만들어보겠다는 게 기특했는지 가게 한구석에 있던 커다란 자루에서 맘껏 골라가라고 했던 기억이 납니다. 멋쟁이 아가씨들 투피스를 만들고 남은 빛깔 고운 천, 안감을 대고 남은 얇고 매끄러운 폴리에스테르, 어깨에 대던 패드 조각, 가끔 장식으로 쓰던 반짝이는 천도 있었지요. 그 자투리 천들을 보면서 어떤 옷을 짓고 남은 걸까 상상하며 즐거웠습니다.

천 한 조각도 소중했던 그때를 떠올리면서 아끼고 아껴야 한다고 혼자 다짐했습니다. 여러 가지 바느질을 하면서 생기는 자투리들을 알뜰하게 써먹어보기로 했습니다. 아이들 면 생리대를 만들고 남은 면 자투리들을 이어서 손수건도 만들었지요. 몇 년 동안 모인 자투리들을 모아 보자기도 만들고요.

아이들 한복을 짓고 남은 천을 조각조각 모아 공도 만들고 조그만 주머니도 만들었습니다. 콩 주머니를 만들어 바구니에 던지며 놀기도 했습니다. 한복 천으로 만든 물건들은 색이 참 고와서 아이들이 좋아했지요.

낡거나 작아져서 못 입게 되는 옷들도 잘 뜯어서 잘라두곤 합니다. 이제 제 바느질 상자에는 멀쩡한 원단보다 헌 옷 조각들이 더 많아졌습니다.

쓰던 물건들을 파는 장터에서도 옷감을 구합니다. 모직 원단은 워낙 비싸서 살 엄두가 나지 않았는데, 벼룩시장에서 헌 모직 원피스를 사서 아이 원피스를 만들기도 했습니다. 안감

×××

면 생리대 만들고 생긴 자투리로 손수건을 만들었습니다.

과 지퍼도 있으니 재료를 한 번에 해결할 수 있었지요.

아이들 만들어 입혔던 티셔츠로는 의자 커버를 만들어 쓰고 있습니다. 귀여운 동물 무늬 천이 아까웠는데 마침 의자 윗부분에 금이 가서 커버를 씌우면 좋겠다는 생각이 들었습니다.

오래전에 입었지만 안 입는 후드 점퍼가 하나 있었습니다. 너무 크고 무겁고 색도 바래 안 입게 되었지요. 버리려다가 '이걸 잘라 바지를 만들면 어떨까?' 하는 생각이 들더라고요. 늘 쪼그려 앉아 빙바닥을 닦느라 바지 무릎이 잘 닳아 떨어지 거든요. 두툼한 바지가 한 벌 있으면 좋을 것 같았습니다. 긴 팔을 잘라 바지 아랫부분을 만들고 몸판을 잘라 윗부분을 붙 였습니다. 색이 바랬던 터라 조각조각 다 색이 달랐지만 그것 도 나름 새로워 보였지요. 허리를 접어 박고 고무줄을 넣으니 집에서 편히 입을 만한 바지가 생겼습니다.

한 오 년쯤 열심히 입고 또 십 년쯤 옷장 안에서 묵고 있던 이 옷은 이제 몇 해는 더 쓸모가 있어졌습니다. 바지 값을 아 낀 것보다 저는 그게 더 기쁩니다.

지금도 저는 가끔 새 원단을 삽니다. 하지만 전처럼 예쁘고 멋진 걸 고르기보다 오래 써도 지겹지 않고 여러 곳에 두루 쓰 기에 좋은 천을 선택하지요. 또 집에 있는 자투리 천과 어울리 는 것으로 꼼꼼하게 따져보고 고릅니다.

XXX

한복 자투리로
콩주머니를 만들어
던지고 놀았습니다.

XXX

헌 후드점퍼로 바지를 만들어 입었습니다.

XXX

온갖 자투리 헝겊들을 모아 만들고 있는 보자기

자투리 천이나 헌 옷에서 오려낸 천들로 바느질을 하다 보면, '금손'들보다 솜씨가 없어도 좌절하지 않습니다. 당연하다는 생각이 듭니다. 네모반듯하지도 않고 색이나 무늬도 성에 차지 않는 천으로 뭔가를 만들려면 온갖 상상력과 창의력과 임기응변을 다 불러 모아야 하지요. 그리고 사실 우리 사는 것도 그렇지 않나 싶습니다. 부족한 대로 못난 대로 보듬고 엮어서 잘 쓸 때 마음 뿌듯하고 즐겁습니다.

필사와 손바느질

저는 아이들을 낳기 전에는 출판사에 다녔습니다. 출판사를 그만두고 집에서 아이를 키우게 되면서 편집할 원고를 받아와 살펴보고 있지요. 살림하고 바느질하는 일 말고 제 시간 중 가장 많은 부분을 차지하는 게 책 만드는 일입니다.

출판 편집자들은 요즘 시대에는 드물게 펜을 많이 쓰는 사람들입니다. 종이 교정지에 빨간 펜으로 고칠 내용을 적어야 하니까요. 컴퓨터 프로그램으로 교정을 보는 이들도 있지만 대부분 출판사에서는 다 종이 교정지에 펜으로 교정을 보지요. 그래서 편집자들 가운데는 펜을 모으거나 좋아하는 사람도 많습니다. 두 번째로 다니던 출판사 편집장님은 참 멋진 분이었는데 편집 노트에 펜으로 메모하는 모습이 근사했던 기억이 납니다.

저도 언젠가 빨간 펜 말고 좋은 만년필을 한 자루 사서 감촉 좋은 공책에 이것저것 써보아야겠다고 마음먹었지만 정신없이 살다 보니 곧 잊고 말았지요.

지난겨울, 친구 하나가 세상을 떠나고 나서 마음이 아파 한참 힘들었습니다. 좋아하던 책들도 영 눈에 들어오지 않았고, 즐겨 듣던 음악도 왜 그리 슬프던지요. 마음을 달래려고 바느질도 많이 하긴 했습니다. 일부러 아이들 헌 옷을 죄다 꺼내 수선을 하고 자투리 천들을 모아 주머니도 만들고요. 하지만 다른 무언가가 더 필요했습니다.

그러다 필사를 해보게 되었습니다. 필사를 하면서 조금씩 마음이 편안해졌지요.

둘째 다니는 학교에서 함께 책모임을 하는 효진 씨가 저한테 선물로 준 책이 한 권 있었습니다. 『필사의 힘―백석처럼 〈사슴〉 따라쓰기』라는 책이었어요. 몇 장 쓰다가 놓아둔 이 책이 눈에 띄어 다시 해보기로 했습니다. 요즘은 필사를 하는 이들이 많아 이런 책도 나온 모양입니다.

삼천 원짜리 모나미 올리카 만년필로 부드러운 연노랑 책장에 글씨를 쓰니 '삭삭' 하고 기분 좋은 소리가 났습니다. 처음에는 그 소리가 좋아서 손을 부지런히 놀렸습니다. 글씨를 쓰다 보니 마음 속 여러 생각들이 사라지고 따라 쓰는 시에 푹 빠집니다.

예전에도 백석의 시가 아름답다고 느꼈지만, 낯선 시어들을 따라가고 역사적 배경을 짚어 가느라고 그 아름다움을 온전히 느끼지 못했던 것 같습니다. 펜으로 글씨를 쓰는 느린 속도에 맞추어 천천히 읽고, 다 쓰고 나서 제 글씨로 쓰인 시를 다시 한 번 읽고 나면 시인의 마음에 아주 조금은 더 가까이 간 것만 같습니다.

하루에 한 편, 혹은 두 편, 시를 따라 쓰면서 천천히 천천히 시를 읽게 되었습니다. 그 전에는 성격이 급한 탓에, 또 일을 위해 책을 읽다 보니 빨리 읽는 게 습관처럼 되어 천천히 집중해서 책을 읽게 되지 않았습니다. 그런데 필사를 하니 저절로 느리게 낱말 하나하나를 음미해 가며 시를 읽게 됩니다.

어떤 이들은 훌륭한 문장들을 마음에 새기고 글쓰기 훈련을 위해 필사를 한다고도 하는데, 저는 천천히 읽는 즐거움에 매료되어 다른 것들은 아직 생각해보지 못했습니다.

처음에는 책을 선물한 효진 씨 마음을 생각해서 이 책 한 권을 끝까지 해보겠다는 생각이었습니다. 그러다 책 한 권을 다 베껴 쓰고 나서, 저는 필사하는 재미에 푹 빠져버렸습니다. 그 뒤로 또 다른 책들을 꾸준히 필사하고 있습니다. 시도 적어보고 고문(古文)도 따라 써봅니다.

마음이 어지럽고 몸이 피곤한 날에는 글씨도 어지럽고 단정하지 못하고, 마음이 편안한 날에는 제 글씨도 가지런해집니다. 멋을 부리거나 다른 사람 글씨를 따라 했다가는 금방 피곤해져서 쓸 수 없게 되거나 첫 시작과 마지막이 달라지지요. 쓰면 쓸수록 제 글씨가 저를 닮아 있는 게 보입니다. 그러니 글씨를 쓰면서 더 가지런히 단정하게 마음을 닦게 되지요.

다음에는 어떤 책을 베껴 쓸까 찾아보는 일도 좋습니다. 늘 새로운 책과 필요한 책들을 찾아 읽느라고 바빠서 오래된 책들, 아끼던 예전 책들을 다시 살펴보기 힘들었거든요.

정말 좋아하는 책을 다시 꺼내보고 들추면서 저는 슬픈 생각을 다 잊었습니다. 책장에는 먼저 간 친구가 선물해준 책들도 잔뜩 꽂혀 있었고, 함께 일하던 출판사에서 낸 책들, 친구가 번역해 낸 책들도 있었지요. 그걸 보고 있으니까 슬픈 생각보다 고마운 마음과 친구가 자랑스럽다는 마음이 더 커졌습니다.

저는 필사하는 재미에 푹 빠져 책장을 뒤져 빈 공책들을 찾아내고, 손에 맞는 펜도 장만해두었습니다. 조각 천을 잘라 바느질해 고운 책갈피도 만들었지요. 아침 청소를 마치고 손을 깨끗이 씻은 다음 필사를 하며 하루를 시작합니다.

그러면서 저는 손이 부지런하면 마음이 평온해진다는 생각

한 글자 한 글자 쓰다보면 마음이 편해집니다.

이 들었습니다. 종이에 한 글자 한 글자 글씨는 써 넣는 게 한 땀 한 땀 바느질을 하는 것 같았습니다. 그래서 필사하고 손바느질이 참 닮았다고 느꼈지요.

컴퓨터나 스마트폰에 자판으로 치면 금방 글을 쓸 수가 있지요. 지우고 고치기도 쉽고요. 복사하고 전송하는 일도 참 간편합니다. 요즘에는 타이핑을 하는 일조차 귀찮아서 사진을 찍어 남기기도 하지요. 그런데 이 빠른 세상에 사람들은 굳이 필사를 한다고 합니다.

바느질도 그렇습니다. 재봉틀로 드르륵 박아버리면 금방 완성될 바느질을 저는 굳이 손바느질로 하곤 합니다. 재봉틀을 써서 만든 것과 손바느질로 만든 것을 본다면 손바느질로 만든 쪽에 더 마음이 갑니다. 그건 수고롭더라도 기꺼이 과정을 즐거워하기 때문일까요? 산꼭대기까지 올라가는데 케이블카를 타고 가거나 뛰어가는 대신 천천히 걸어가는 걸 택하는 것처럼 말입니다.

천천히 걷다 보면 작은 풀꽃도 더 잘 보이고, 상쾌한 공기도 더 오래 마실 수 있지요. 필사를 하는 일이나 손바느질을 하는 일도 그런 것 같습니다. 잔잔한 리듬이 만들어지고 그걸 따라가다 보면 복잡했던 마음이 쉬게 됩니다. 복잡하던 마음이 편안해지면 내 안에 있던 답이 저절로 보이게 되지요. 소박한 결과물들이 생기는 것도 기쁜 일입니다. 그걸 알게 되었으니 이제 오래오래 필사를 하며 살 것 같습니다.

그러고 보니 손바느질하고 닮은 게 또 많습니다. 반죽을 해 빵을 굽는 일도 그렇고 바구니를 짜는 일도 그렇습니다. 또 손과 발을 써서 정성껏 짓는 일들이 그렇겠지요. 손바느질을 좋아하는 제 취향을 따라 가다 보면 저한테 잘 맞는 일들을 더 찾아낼 수 있을 것 같습니다. 살아낼 날들이 아직 꽤 남아 있으니 그런 일들을 잘 찾아보아야겠어요.

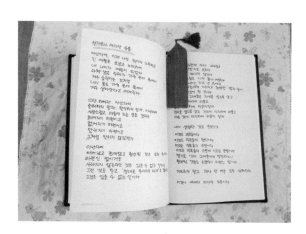

×××
필사 노트에 헝겊으로 만든
책갈피를 끼워둡니다.

컵받침 만들기

여름에는 차가운 음료를 많이 마시게 되니까 컵 아래에 물방울이 맺히고 흐르지요. 이럴 때 식탁에 자국이 남지 않도록 컵받침을 만들어 받치면 좋습니다. 사철 다 써도 좋고요. 자투리 천으로 컵받침을 만들어보았어요.

×××

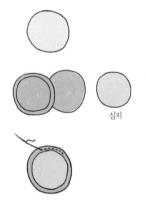

심지

잡아당기고

다리기

① 두꺼운 종이를 원하는 크기로 동그랗게 잘라둡니다. 자주 쓰는 컵 아랫면보다 조금 크게 그려보세요.

② 원단에 이 종이를 대고 완성선을 그린 다음 5밀리미터 크게 시접선을 그리고 마름질합니다. 똑같이 두 장을 만들어둡니다. 두 장을 각각 다른 천으로 해도 좋아요.

③ 심지나 부직포, 퀼팅 솜을 완성선대로 한 장 마름질해 원으로 마름질한 원단 중 한 장 안에 시침핀 등으로 고정해둡니다.

④ 두 장 모두 완성선 바깥으로 홈질을 합니다.

⑤ 두꺼운 종이를 안에 넣고 홈질한 실을 잡아당기고 이 상태에서 다림질을 합니다.

감침질

⑥ 종이를 빼내고 다림질한 두 동그란 원단을 마주
댑니다.

⑦ 테두리를 감침질하거나 공그르기 해서 완성. 눈
에 띄는 실로 감침질을 하면 장식이 되지요.

⑧ 사각형이나 육각형으로 만들어도 좋고 수를 놓
아도 예뻐요.

Part 3

×

**박음질,
곱걸어서 튼튼하게**

헌 옷을 앞에 두고 설레는 사람

겨울이 가고 날씨가 따뜻해질 때쯤, 창문을 활짝 열고 묵은 먼지 탁탁 털고 싶을 때쯤, 부지런한 친구들한테서 전화가 옵니다.

"우리 ○○이 입던 옷 챙겨놨는데 가져다 입힐래?"

"아고, 고마워라. 그럼 그럼."

집에 오라고 부르고 국수 한 그릇 말아준다고 하면, 부지런한 친구들은 옷 보따리를 싸들고 오지요.

아이들이 자랄 때는 어찌나 빨리 크는지 몸에 맞는 옷이랑 발에 맞는 신발을 철철이 사 입히는 게 큰일이었지요. 다행히 동네에 옷을 물려줄 만한 언니들이 있어서 옷들을 꽤 물려 입었습니다. 이제는 우리 큰딸 키가 저만 하고 둘째도 그 언니들보다도 커져버려서 옷들을 물려 입질 못하지만요.

동네 언니들이 입던 옷을 큰애가 입고 또 그 옷을 둘째까지 입다 보면 옷이 낡아버립니다. 유행하던 옷을 산 경우라면 참 제 맘에도 그대로 입히기 싫고요. 애들 취향도 다 달라서 모양을 바꾸게 되기도 합니다.

그래서 물려받을 옷 보따리를 받거나 계절이 한 바퀴를 돌아 작년 이맘때 입던 옷들을 옷장에서 꺼내게 되면, 바느질거리가 잔뜩 생깁니다. 아이들한테 어떻게 고치면 좋을지 물어보기도 하고, 잘 맞는 옷을 놓고 치수를 대보며 어떻게 고칠지 이리지리 생각을 해보지요.

한번은 후드티를 물려받았는데 좀 두꺼웠습니다. 아이가 티셔츠처럼 머리부터 뒤집어쓰며 입자니 불편했나 봅니다. 그 위에 겉옷을 더 입기에는 불편하고, 좀 따뜻할 때 입자니 더웠습니다. 그래서 티셔츠 앞부분 가운데를 세로로 잘라 점퍼에 다는 지퍼를 달았습니다. 그랬더니 계절이 바뀌고 아침저녁 찬바람이 불 때 입고 나갔다가 더울 때는 벗어놓기 좋았습니다. 한동안 잘 입고 다녔지요.

위아래가 붙어 있는 점프슈트도 하나 물려받았습니다. 예쁘긴 한데 입고 벗기에 불편하고 화장실 갈 때도 불편해 보였지요. 그래서 치마로 변신시켰습니다. 모자도 떼어내고 어깨선도 깊이 파서 오려냈지요. 바지 밑단을 잘라 치마를 만들었

××××

점프슈트를 고쳐 입기 편하게 만들었습니다.

더니 점퍼스커트가 되었지요. 가슴에 쓰인 영어 글자가 잘렸지만 우리 딸은 상관하지 않더라고요.

키가 자라 짧아진 원피스 아래에 어울리는 단을 덧대어 길이를 늘리기도 합니다. 그러면 한두 해는 더 입을 수 있지요. 투박한 티셔츠 목 부분에 레이스를 달아 멋을 내기도 하고요. 오래 입은 맨투맨 티셔츠에는 수를 놓아보기도 했습니다. 그러면서 달랑달랑한 단추를 새로 달고 늘어진 고무줄도 바꿔 끼우지요.

아이들은 힌 옷을 고쳐준다고 싫다거나 새 옷을 사달라는 이야기도 한 적이 없습니다. 옷 입는 데 관심이 없어서인지 엄마가 주는 대로 입고 서랍에서 집히는 대로 옷을 꺼내 입습니다. 아이들한테 고마워서 더 정성껏 바느질을 합니다. 구세군에서 운영하는 중고매장이나 마을 벼룩시장에서 산 옷들도 아이들한테 맞추어 수선을 해줍니다.

물론 다 생각대로 잘 고쳐 입은 건 아닙니다. 솜씨가 좋지 않아 티셔츠 목 부분이 보기 싫게 되어버린 적도 있고, 천이 낡아 찢어진 일도 있습니다. 구조가 복잡한 겨울 점퍼를 손보다가 결국 못 쓰게 되어버린 적도 있지요.

생각대로 바느질이 잘 되지 않을 때, '이까짓 것 내다버리고 새 옷 사면 될 텐데 내가 왜 궁상맞게 쪼그리고 앉아서 이러고 있나' 하는 생각도 안 해본 것은 아닙니다. 하지만 또 잘될 때도 있으니 계속 하는 것이지요.

옷 수선하는 기술은 조금씩 조금씩 늘어서 이제는 바지허리나 바지통도 표 안 나게 줄이게 되었고, 겨울 점퍼 지퍼를 바꿔 달거나 하는 일은 정말 쉽게 합니다. 그러니 우리 집에 오는 옷들은 수명이 늘어나 나달나달해질 때까지 입혀지는 것이지요. 그러다가 다 해져 버릴 때쯤에는 또 멀쩡한 부분만 오려져 바느질 상자에 남게 됩니다.

이제는 아이들 키가 다 자라서 옷들이 금세 작아지지는 않습니다. 그래도 집안에는 늘 손보아야 할 옷들이 생겨납니다. 남편이 입는 작업복은 험한 일을 견뎌내느라 잘 해지고 뜯어지고요. 양말에도 구멍이 잘 나지요. 작업복을 수선하고 구멍 난 양말을 꿰매면서 '이 사람 참 많이 힘들겠구나' 하는 생각을 합니다. 가끔 남편이 미울 때는 벗어놓은 작업복도 보기 싫을 때가 있지만요. 남편이 수선한 옷을 보고 "감쪽같다"고 좋아하면 또 얼마나 기쁜지 모릅니다.

저는 미루지 않고 빨래를 걷어 차곡차곡 개면서 바로 바느질을 하려고 합니다. 뜯어진 곳을 바로 꿰매두지 않으면 금세 더 벌어지고 망가지니까요. 사람들 마음도 그런 것 같습니다. 그래서 바지런히 알아차리고 위로하고 공감하려고 마음먹어

안 입는 제 옷으로 솔이 치마를
만들었습니다.

×××

터틀넥 원피스를 고쳐 입었습니다.

봅니다. 하지만 늘 서투르고 게을러 후회하게 되지요.

무엇이든 수선하는 일은 새롭게 만드는 것하고는 다르게 신경 쓸 것들이 많은 것 같습니다. 원래 그 물건이 어떻게 지어졌는지를 알아야 하고, 그 가운데 떼어버려도 되는 부분들과 그럴 수 없는 것들도 알아내야 하지요. 다른 천을 가져다 붙인다면 그 어울림도 잘 생각해봐야 합니다. 또 큰 것을 줄이기는 쉬워도 작은 것을 크게 만들기란 참 어렵습니다. 옷을 고치면서 저는 세상 모든 일에 이런 이치가 들어 있다는 생각도 합니다.

식구들 옷을 열심히 수선해서 입히다 보니, 미국에 사는 언니가 옷 수선 일을 배워서 이민 오라는 소리를 한 적도 있습니다. 미국에서는 옷 수선하는 일에 돈이 많이 든답니다. 기술이 좋아 명품 옷이라도 수선하게 되면 돈도 무척 잘 번다고요. 사실 우리나라에서도 그럴 겁니다.

가끔 그 소리에 솔깃하기도 했습니다. 예전에 어르신들이 기술을 배워두면 굶지 않고 산다고도 그랬지요. 언니는 제 적성에도 딱 맞는 일이라며 권했습니다.

'이참에 한번 제대로 배워봐?'

'출판사 교정 일보다 벌이가 나으려나?'

속으로 그런 생각을 해보긴 했습니다.

뜨개질을 잘 배워보고 싶다는 바람과 함께, 옷 수선 배우기도 언젠가 꼭 해보고 싶은 일로 제 수첩 한쪽에 적혀 있습니다. 하지만 기술을 배워 돈벌이를 하게 되면 그때부터 헌 옷을 앞에 두고 설레며 그림을 그리는 즐거운 시간이 사라질 것 같기도 합니다. 그리고 다른 사람 옷을 만지다 덜컥 실수라도 하게 되면 어쩌나 겁이 납니다. 그러니 옷 수선하는 일을 배우더라도 직업으로 삼지는 못할 것 같습니다. 돈벌이는 못하더라도 식구들 옷을 더 잘 고칠 수 있게 되면 좋겠습니다. 그러다 보면 남들 옷도 기쁘게 고쳐줄 수 있지 않겠어요.

작고 사소한 것들에 대하여

늘 마음속에 새기고 사는 말이 있습니다.

"검소하지만 누추하지 않게 살자."

한자로 쓰면 '儉而不陋(검이불루)'라고 할 수 있겠습니다. 돈벌이도 잘 못하고 가난하게 살다 보니 '검소하게'는 자연스레 실천하게 되었습니다. 근데 그게 어렵더라고요. '누추하지 않게'가요.

돈이 없어 참 힘들던 시절이 있었습니다. 남편이 주류를 파는 회사에 다니던 때였는데 정해진 월급이 나오는 게 아니라 거래처에 영업을 하고 수금을 하는 대로 돈을 받아 왔습니다. 저도 아이들이 어려 일을 많이 못하고 있었고요. 먹고 사는 데 돈이 어찌나 쉬지 않고 들어가는지 치킨 한 마리 맘 편하게 사 먹지 못했지요.

그때도 우리 식구는 씩씩하게 공원에 도시락을 싸들고 가서 신나게 놀았고 종이랑 헝겊으로 장난감을 만들었습니다. 남편이 그 일을 그만두고 환경미화원이 될 때까지 몇 해 동안 힘든 시간을 보냈지요.

'돈이 없어도 좋아, 아이들 학원은 돈이 많아도 보내지 않을 생각이었어. 비싼 고기 자주 구워 먹지 않아도 몸에 좋은 채소 많이 먹으면 되고, 물려받은 옷 잘 고쳐서 입으면 되지. 비싼 장난감 필요 없고 엄마 아빠랑 신나게 놀면 더 좋아.'

이렇게 생각했지요. 맞아요. 돈이 없어도 아이들은 건강하게 잘 자랐고 우리 가족은 행복했습니다.

하지만 돈이 없어 제 스스로가 참 누추하게 느껴질 때가 있었습니다. 사랑하는 친구들, 고마운 사람들한테 줄 게 없어서였어요. 우리 아이들이 태어났을 때나 학교에 갈 때 귀한 선물을 보내주고, 힘들어 울 때 제 이야기를 들어주고, 일거리를 구해 맡겨준 고마운 친구가 있습니다. 그 친구가 아이를 낳았을 때 해줄 수 있는 게 정말 없었어요.

친구는 제 사정을 잘 알고 있겠지만, 정말 고마운 친구한테 괜찮은 선물 하나 못 사서 보낸다니 마음이 아팠습니다. 제 모습이 참 누추해 보였지요.

오래 궁리하다가, 실을 사서 아이 담요를 뜨기로 했습니다. 유모차에 탈 때나 낮잠을 잘 때 덮으라고요. 보드랍고 가볍고

싼 수면 실을 골라 샀습니다. 참 보잘것없는 선물이지요. 하지만 담요를 뜨는 동안 아이가 잘 자라길 기도하면서, 어떤 아이로 자랄지 기대하면서, 친구와 만났던 오랜 시간을 떠올리면서 마음을 담았습니다. 담요를 다 떠서 상자에 넣고 편지도 한 장 넣어 택배로 부쳤습니다. 별것 아닌 선물에도 친구는 기뻐하고 고마워했지요. 친구가 기뻐하는 모습을 보니 마음이 꽉 차는 것 같았습니다.

친구가 좋아하는 모습을 보면서, 용기가 난 것 같습니다. 그래서 선물을 할 일이 있을 때마다 바느질해서 만든 작은 물건들을 건네곤 했습니다.

또 다른 친구한테는 가방을 하나 만들어준 일이 있습니다. 친구는 막 새로운 일을 위해 다니던 회사를 그만둔 참이었어요. 늘 씩씩하고 용감하고 바지런한 친구가 존경스러웠고, 새로운 시작을 축하해주고 싶었지요. 얻어 온 검은 비단 천에 수를 놓아보기로 했습니다. 자수 본을 직접 그리기 막막해서 『히구치 유미코의 자수 시간』이라는 책을 보고 따라 했습니다. 두 가지 작품을 잘 섞어서 수를 놓았습니다. 수를 놓는 동안 생각보다 시간이 많이 지나더라고요. 빨리 완성해서 주고 싶기도 했지만, 수놓고 바느질 하는 동안 친구 생각을 늘 했으

×××

친구를 위해 열심히 수를 놓았습니다.

니 그 시간도 선물이라고 생각했습니다. 만들고 보니 생각보다 매끈하고 예쁘게 되질 않았습니다. 그래도 친구는 기쁘게 받아주었지요.

일을 하러 출판사에 갈 때면 집에서 틈틈이 뜬 수세미나 만들어놓은 비누 같은 걸 가지고 갑니다. 전에는 음료수나 빵을 사 가곤 했는데, 그런 것들보다 손으로 만든 물건들을 전하고 오면 괜히 마음이 더 가까워진 것만 같습니다. 연말에 선물 교환 모임 같은 걸 할 때도 바느질해 만든 물건들을 가지고 갑니다. 사다리 타기나 제비뽑기로 제 선물을 받게 된 사람들도 늘 실망하지 않고 기쁘게 받아주었습니다.

제가 선물로 주로 만드는 것들은 컵받침이나 작은 동전지갑, 이어폰 같은 걸 담을 작은 주머니, 주방용 수건, 물병 주머니 들입니다. 흔하고 사소한 것들이지요. 제 벗들은 그런 것들을 받으면서, 제 솜씨를 칭찬해주고 어떻게 이런 좋은 생각을 했냐면서 감탄도 해주었지요. 그리고 보면 저는 참 좋은 사람들하고 지내고 있는 것 같습니다. 작고 사소한 것들을 소중히 여기고 마음을 귀하게 여기는 사람들 말입니다.

그런 마음들 덕분에 제 스스로가 덜 누추해 보였어요. 힘내서 힘든 시절을 버틸 수 있었고, 마음이 쪼그라들지 않았습니다. 그리고 제가 늘 바라는 '검소하지만 누추하지 않은' 삶을

×××
이름을 새겨 만든 손수건

×××
뜨개질해서 만든 물병 주머니

열심히 살아낼 용기를 얻었습니다. 그러니 실은 자그마한 선물을 바느질하면서 저야말로 커다란 선물을 받은 것이지요.

그리고 이제는 그때보다 형편이 나아져서 작은 선물쯤은 사서 마련할 수 있지만, 여전히 바느질해서 만든 선물을 준비합니다. 그리고 가끔 저도 그런 선물을 받게 되면 정말 정말 기쁘답니다.

딸이어서 애틋하고 딸이어서 짠하고

'신체오복'이라는 게 있지요. 이가 튼튼하고 소화가 잘 되며, 눈이 잘 보이고 귀가 잘 들리는 것에다 소변, 대변을 잘 보면 오복을 갖췄다고 하더라고요. 저는 여기다 하나 더 보태고 싶습니다. 여자라면 생리통이 없는 게 복 중의 복이지요.

저는 그 복을 타고난 여자입니다. 생전 생리통을 겪어보지 않아서, 생리통으로 아파 못 나온다는 친구들 이야기를 핑계쯤으로 생각하기도 했습니다. 그게 딸들 일로 다가오기 전까지는 정말 남의 이야기로만 여기고 살았습니다. 그런데 우리 딸들이 자라면서 슬슬 걱정이 되더라고요.

딸 엄마들끼리 모이면 하는 이야기들 가운데 '생리대' 이야기는 늘 빠지지 않고 등장하지요. 시중에 파는 일회용 생리대 안에서 표백제, 응고제랑 온갖 화학물질이 잔뜩 들어 있다고 하니까요. 그런 해로운 물질들 때문에 아이들이 생리통에 더

시달린다거나 암에 걸릴 수도 있다는 이야기도 들었습니다. 아이들이 초등학교 고학년이 되니까 엄마들은 어떤 생리대를 사줘야 하는지 고민이 많습니다. 엄마들은 딸아이 앞에 온갖 해로운 것들을 다 치워주고 싶은 마음이 들지요. 어떤 엄마들은 딸들을 위해 유기농 생리대를 뉴질랜드에서 직구로 구입한다고도 하더라고요.

첫 월경을 치른 딸아이에게 이제 어른이 되었다고 축하해주면서도 짠한 마음이 컸습니다. 더운 여름에는 땀이 더 날 테고, 학교에서 공부할 때도 운동을 할 때도 불편할 테니까요. 찝찝하고 짓무르고 따갑고 거기다 생리통까지 앓는다면 또 얼마나 힘들겠어요.

여자들은 평생 동안 오백 번쯤 월경을 한다고 하는데, 써야 할 일회용 생리대의 양을 상상해보면 엄청나지요. 해로운 물질이 들어 있을지 몰라 불안하기도 하고요. 비싸기는 또 얼마나 비싼지요.

저는 면 생리대를 쓰고 있는데, 이게 빨기 귀찮아서 그렇지 참 좋습니다. 갑자기 필요할 때 없을까봐 걱정하며 사서 쟁여둘 필요도 없고, 몸에 닿는 느낌도 뭐 그냥 속옷 같지요. 또 평생 생리통이라고는 모르고 살아왔는데 그게 혹시 면 생리대

덕분일지도 모릅니다. 그리고 무엇보다 쓰레기를 만들지 않아서 좋아요.

그래서 딸들에게도 면 생리대를 만들어주기로 했습니다. 이날을 위해 아기 때 쓰던 기저귀를 간직하고 있었지요. 딸이 둘이니 딱 절반으로 나눠 생리대 만드는 데 쓰기로 했습니다. 저도 면 생리대를 쓰고 있지만 시중에서 파는 면 생리대는 써본 적은 없었어요. 도안도 아주 오래전에 제 맘대로 만든 것이고요. 제 것은 좀 못나고 불편해도 괜찮지만 딸 것은 좀 예쁘고 깨끗하게 만들어주고 싶어서 공부를 좀 해보았습니다. 면 생리대 종류는 크기별로 대·중·소가 있고, 흡수대를 따로 만들어 끼워 사용하는 것과 일체형이 있더라고요. 저는 일단 중형 크기 일체형으로 열 개를 만들어보기로 했습니다.

그리고 여기저기서 도안을 찾아보았습니다. 인터넷에 도안을 공유해주는 이들이 많아 금세 찾을 수 있었습니다. 뒷면에 방수 천을 대기도 하던데 삶기도 힘들거니와 촉감이 좋지 않을 듯해 그냥 면을 사기로 했습니다. 천들을 겹친 다음 테두리에 바이어스 테이프를 두르는 방식은 천이 겹치는 부분이 살에 닿을 것 같아 싫었습니다.

하얀 면 원단과 꽃무늬 면 원단을 사서 도안을 그렸습니다. 두 천을 마름질한 후 창구멍을 남기고 재봉틀로 박음질을 했습니다. 그런 다음 뒤집고 융이랑 기저귀 천으로 만든 흡수대를 안에 넣었습니다. 흡수대는 천들을 일곱 겹으로 겹친 다음 긴 바늘에 실을 꿰어 징근 다음 모양대로 오렸습니다. 흡수대를 넣고 창구멍을 막은 다음 테두리를 눌러 박았지요.

생각보다 손이 많이 가는 일이었습니다. 곡선이 많은 원단을 재봉틀로 박는 일도 신경을 많이 써야 했지요. 다 만들고 빨아보니 모양이 뒤틀어지는 것 같아 안에서 한 번 밖에서 한 번 상침을 해 고정을 시켰습니다. 속옷에 고정시킬 스냅 단추도 처음에는 작은 걸 달았다가 좀 더 큰 것으로 바꿨지요.

일도 하고 살림도 하면서 틈틈이 조금씩 만들다 보니 생리대 열 개를 다 만드는 데 생각보다 오래 걸렸습니다. 그리고 그즈음 우리 큰애는 자라느라고 힘들었지요. 착하고 순하던 녀석이 짜증이 늘고, 하루에도 몇 번씩 기분이 좋았다 나빴다 하고요. 무엇보다 잠이 늘어 일어나기 힘들어했습니다. 아침마다 깨우는 게 너무 힘들어 화가 나고 진이 빠졌지요.

그래서 아이들을 학교에 보내놓고 저 혼자 앉아 씩씩대면서 바느질을 하기도 했습니다. 화가 머리끝까지 차 있다가도 열심히 손을 놀리다 보면 어느새 '저 나이쯤에 나는 우리 딸보다 더했지'라는 선명한 기억들이 떠올랐습니다. 크느라고 우리 딸도 참 힘들겠구나 하는 당연한 생각도 들었고요. 그 시기가 파도처럼 지나고 보니 아이와 많이 싸우지 않고 지나간 게 바느질 덕인 것도 같습니다.

면 생리대 열 개를 다 만들어서 접으니 참 예뻤습니다. 딸아이 속옷 서랍에 차곡차곡 개어 넣고 다가올 '그날'을 기다렸지요. 혹시 쓰기 불편하다면 내내 면 생리대만 쓰지 않고 일회용 생리대와 함께 써도 좋겠다고 생각했습니다.

다행히도 딸애는 엄마가 만든 면 생리대를 잘 쓰고 있습니다. 학교에 갈 때도 생리대 주머니 안에 비닐봉지를 같이 가져가 쓰고 난 생리대를 담아 옵니다. 큰아이가 면 생리대를 잘 쓰게 되어 여러 개 더 만들어 쓰고 있습니다. 여행을 가거나 할 때 몇 번 일회용 생리대를 쓴 적도 있지만, 역시 면 생리대가 더 좋다고 합니다.

딸아이가 있는 집에선 제가 만드는 면 생리대에 관심이 많습니다. 어떻게 만들고 어떻게 빨아야 하는지 종종 묻곤 합니다. 파는 면 생리대를 사서 일회용 생리대와 함께 쓰는 집들도 많지요. 궁금해하는 이들을 위해 딸들 몫으로 만든 면 생리대를 한두 개씩 선물하기도 했습니다.

책모임을 같이 하는 언니들이 면 생리대를 만들어달라고 한 적이 있습니다. 딸들에게 준다고요. 적지 않은 돈을 받고 면 생리대를 열 개씩 만들어서 보냈습니다. 신경이 많이 쓰였

×××

딸아이를 위해 만든 면 생리대

×××

둘째를 위해 또 생리대를 짓고 있습니다.

습니다. 부디 아이들에게 잘 맞아서 조금이라도 편하기를 바랐지요.

면 생리대를 세탁하는 전용 세제를 따로 팔기도 하지만, 우리 집에서는 빨랫비누로 애벌빨래 후 과탄산소다를 넣고 삶아 빨래를 합니다. 귀찮기는 하지만 하얗게 삶아 빠싹 말린 면 생리대를 차곡차곡 접어 넣고 하나씩 꺼내 쓸 때 느끼는 개운함과 뽀송함이 참 좋지요.

지금은 둘째 아이 것을 틈틈이 만들고 있습니다. 이번에는 크기도 좀 여러 가지로 만들기로 했습니다. 또 큰애가 쓰는 것이 닳아 떨어지기도 할 테니 넉넉히 더 만들어두면 좋겠지요. 나중에 다른 이들과 함께 면 생리대를 만들어볼 수도 있겠다는 생각에 어떤 천을 얼마나 사서 어떻게 만들었는지 노트에 잘 적어두고 있습니다.

젖 먹으며 꼬물거리던 게 엊그제 같은데 벌써 이만큼 커 있는 아이들을 보면 신기하고 장합니다. 그러면서도 세상이 너무 험해 걱정되는 일이 참 많습니다. 딸 있는 집 부모들은 다들 그러겠지만 말입니다.

딸이어서 참 애틋하고 딸이어서 짠합니다. 많은 딸들이 얼음 위를 걷듯 조심조심 살아가야 했지만, 우리 딸들은 두 다리로 운동장을 힘차게 뛰어다닐 수 있으면 얼마나 좋을까요. 살면서 슬프고 애달픈 일이야 없을 수 없겠지만 억울하고 치사한 일은 겪지 않았으면 좋겠습니다.

하얀 행주, 그리고 걸레

열일곱 살 때, 엄마가 병원에 입원하고 밥을 해야 했습니다. 두 살 위 언니는 엄마 병간호를 하려고 병원에 있었지요. 엄마가 평소에 살림을 좀 가르쳐주었으면 좋았을 텐데 그러질 않았던 모양입니다. 서툰 솜씨로 밥을 하고 빨래를 하고, 집안을 치운다고 애를 먹었지요.

엄마가 잠깐 퇴원을 해서 집에 왔는데 제 살림 솜씨를 보고 한숨을 푹푹 쉬는 겁니다. 잔소리도 하셨지요. 행주는 걸레처럼 되어 있고 걸레에서는 쉰내가 난다면서요. 너무 창피하고 미안했습니다. 엄마는 큰 병을 앓고 있고 언니는 밤새며 간호를 하는데, 이깟 살림 하나 깔끔히 못 해내다니요.

엄마가 돌아가신 뒤로도, 쭉 학교를 다니면서 직장을 다니면서 살림을 해야 했지요. 한다고 애를 썼지만 어설프고 시간에 쫓기느라 우리 집에는 늘 엄마 없는 티가 났습니다. 엄마가 정성과 부지런으로 채웠던 살림을 도저히 따라 할 수가 없었습니다. 인스턴트 음식이나 시장에서 사온 맵고 짠 반찬들, 아버지가 대충 끓인 찌개들을 먹었고, 허기를 채우고 남은 음식들이 썩지 않도록 치우는 일도 힘에 겨웠습니다.

그래도 엄마 없는 티를 지우려고 꽤 애를 썼습니다. 반찬도 여러 가지 배워서 해보고, 동생 도시락 통도 예쁘고 좋은 걸로 장만하고, 부엌을 깨끗하게 하려고 문지르고 닦고 했습니다.

스물 몇 살 때였을 겁니다. 김치를 한번 담아보려고 양념을 버무리고 있는데 막 퇴근해서 들어오는 언니 목소리가 들렸습니다.

"와, 살림 하는 냄새 난다. 꼭 엄마가 있는 것 같아."

무슨 말인지 알 것 같았어요.

배추를 절이고 마늘을 빻고 고춧가루를 불려서 김치를 담그는 일은 엄마가 있는 집에서나 하는 일이었지요. 어릴 때는 집안에 그런 냄새가 나는 게 당연한 줄 알았습니다.

언니 말에 괜히 울컥해서 더 자주 틈을 내어 음식을 만들려고 했던 것 같습니다. 이모랑 친구 선욱이 어머니한테 전화를 걸어 나물 무치는 법을 배우기도 했습니다. 그렇게 해서라도 집에 훈기를 채우고 싶었습니다.

시간이 지나면서 아버지도 돌아가시고 언니는 결혼을 해 멀리 살게 되었습니다. 직장을 다니며 동생과 둘이 살았습니다. 살림이 익숙해지고 할 줄 아는 것들이 많아졌지만, 아무리 애를 써도 엄마가 없는 살림은 늘 궁상스러웠습니다.

결혼을 하고 아이들을 낳고 엄마가 되고 나서야, 늘 집안에 있던 그 칙칙한 궁상스러움이 사라진 것 같습니다. 좋은 집에 살거나 형편이 나아진 것도 아닌데 말입니다. 그냥 저 혼자만 의 생각인지도 모릅니다. 엄마가 된 후로 저는 행주를 하얗게 삶은 다음 차곡차곡 개어놓습니다. 하얗게 접힌 행주가 꼭 엄마가 있다는 증표인 것처럼, 이 집에 이 집 아이들한테는 품어 주고 닦아주는 어미가 있다는 증표인 것처럼.

행주를 만들어 쓰기 전에는 사은품으로 많이 주는 부직포 행주를 많이 썼습니다. 분홍 초록 노랑 부직포 행주는 삶지 않 아도 되고 적당히 쓰다가 쉽게 버리고는 했지요. 시장에서 파 는 거즈 행주도 썼습니다. 과일 그림이 붙어 있는 얇고 하얀 행주지요. 이 행주도 오래 써서 누렇게 되고 구멍이 나면 지저 분한 싱크대를 한 번 휙 닦고 쓰레기통에 버리기도 했습니다.

천을 떠서 행주를 만든 건 큰 아이가 태어나고 얼마 뒤입니 다. 직장도 그만두었으니 본격적으로 살림을 잘 해보리라 마음을 먹었던 때입니다. 모든 이들이 그런 건 아니겠지만 제게 살림이란 귀찮고 피하고 싶은 일이 아니라 시간을 내어 잘해 보고 싶은 일이었습니다. 드디어 그런 기회가 온 것이지요.

그러다 행주 욕심이 났습니다. 소설이나 드라마에 나오는 무명 수건, 무명 행주를 저도 한번 써보고 싶었습니다. 무명. 이름도 소박하고 곱습니다. 목화에서 실을 뽑아 옛날식 베틀로 짠 것을 무명이라 한답니다. 찾아보니 베틀로 짠 손 무명은 어마무지하게 비쌌습니다. 다행히 기계로 짠 무명도 있어 주문을 했습니다. 택배로 받아본 무명 천은 눈에 부드러운 흰 빛이면서 손에 닿는 느낌이 참 좋았습니다.

무명을 정사각형으로 잘라 사방 테두리를 박은 다음 뒤집어 다시 한 번 눌러 박음질을 했습니다. 오래 부엌일을 잘 견딜 수 있도록 재봉틀로 단단하게 바느질을 했지요. 무명 행주는 평소에 쓰던 행주들보다 도톰하고 뻣뻣했습니다. 그렇지만 쓰면 쓸수록 점점 부드러워지고 손에 맞게 익어갑니다. 또 거즈 원단을 사서 여러 겹으로 박아 만든 행주도 함께 씁니다. 이런 식으로 면보도 만들어 찜을 하거나 건더기를 거를 때 쓰기도 합니다.

한동안은 수세미도 열심히 만들어서 썼습니다. 세제를 조금만 묻혀도 거품이 잘 나길래 수세미실을 사서 떴지요. 친환

×××

하얀 행주를 가지런히 접어두면 마음이 개운합니다.

경 실이라고 써 있어서 그런 줄로만 알고 열심히 수세미를 떴습니다. 그런데 이 수세미에서 미세 플라스틱이 나온답니다. 합성섬유에 깃털 같은 실들이 달려 있으니 그럴 만도 합니다. 그래서 또 몇 번은 삼베 실을 구해서 수세미를 만들었고요, 지금은 천연 수세미 열매 말린 것을 사다가 쓰고 있습니다. 먼 길을 돌아 왔지만 결국 행주도 수세미도 우리 할머니들이 쓰던 걸 쓰게 되었습니다.

설거지를 마치고 삶아 빤 행주는 잘 말려 접은 다음 행주들 맨 뒤에 넣어둡니다. 줄지어 말끔히 잘 접혀 있는 행주들을 보면, 식구들 밥을 마련하고 치우고 하는 일을 잘 해내고 있다는 자부심이 듭니다.

이렇게 말하니 꼭 제가 무척 부지런하게 살림을 잘하고 있는 것 같네요. 실은 게으름도 많이 피우고 가끔 밥하는 게 지겨워서 막 짜증도 냅니다. 그래도 뭐 괜찮다고 생각합니다. 다시 정돈하고 매만지면 되니까요.

행주만 아니라 걸레도 만들어 씁니다. 대개는 낡아서 해진 수건을 잘라 쓰기도 하지만 아이들 헌 내복을 자르고 바느질해 만들기도 합니다. 떨어진 내복이나 늘어난 면 티셔츠 같은 건 다른 아이들한테 물려줄 수도 없고 다른 물건을 만들기도 힘들지요. 네모나게 잘라 걸레도 만들면 딱입니다.

우리 집은 진공청소기를 잘 쓰지 않습니다. 밤에 일하고 아침에 퇴근하는 남편을 위해 조용히 청소를 하지요. 빗자루로 쓸고 걸레로 닦는 청소. 요즘 그렇게 청소하는 집은 많지 않지만요. 걸레질을 하다 보면 우리가 살면서 만들어내는 먼지와 쓰레기를 잘 살펴볼 수 있어 좋습니다. 하루만 청소를 걸러도 먼지는 어김없이 부지런히 내려앉습니다. 머리카락은 얼마나 많이 빠지는지요. 또 바느질을 하고 나면 실밥과 먼지들이 잔뜩 생기지요. 저는 잔잔한 음악을 틀어놓고 먼지와 땟자국들을 살펴보며 천천히 청소를 합니다.

제가 만든 여러 물건들 중에 제가 가장 많이 만지는 물건이 행주와 걸레인 것 같습니다. 요즘은 위생적으로 일회용 행주를 쓰고 버린다고 하고 걸레도 빨 필요 없이 정전기 청소포를 쓰고 버린다고 해요. 전에 한번 청소포를 얻게 되어서 써보았는데, 한번 쓰고 버릴 때마다 "아까워서 어째." 하게 됩니다.

편리하고 위생적이라는 일회용 행주나 걸레를 사서 쓰지는 못할 것 같습니다. 그러니 저는 참 촌스러운 사람인가 봅니다.

열심히 닦아내다 보면 행주에도 걸레에도 더러움이 묻습니다. 그걸 잘 빨고 삶은 다음 탁탁 털어 널어놓고 나면 허름한 우리 집에도 빛이 나는 것 같습니다.

명품백 말고 천 가방

아이를 처음 학교에 보낼 때쯤 이런 말을 들은 적이 있습니다.

"3월 학부모 총회에 들고 가려면 가방 하나 좋은 걸로 장만해야 해."

"네에?"

"다른 엄마들한테 기죽지 않고 밀리지 않아야지. 다들 힘주고 올 텐데."

저는 정말 말도 안 된다고 생각했습니다. 가방 따위가 뭐가 중요하단 말인가요. 저도 뭐 아이들 학교에 갈 때는 분도 좀 바르고 눈썹도 그리려고 생각은 하고 있었지만 옷을 사거나 가방을 장만해야 한다는 건 생각도 못 했습니다.

놀랍기도 해서 주위 친구들한테 물어보았습니다. 그랬더니 다들 비싼 가방 하나씩은 가지고 있다는 겁니다. 명품이 아니더라도 결혼식이나 장례식처럼 차려입고 나서야 할 때 들 만한 가방 말입니다.

하긴 아이들 입학할 때 사는 책가방도 무지하게 비싸고 고급스럽습니다. 제가 마트에서 이만 원짜리 책가방을 샀다고 하니 어떤 이는 "너무했네. 평생에 한 번인데 브랜드 있는 걸로 사줘야지." 합니다.

또 이런 일도 있었습니다. 친하게 지내는 이웃이 남편한테 지갑을 선물 받았습니다. 부러운 마음에 애들 아빠한테 그 이야길 했더니, 저한테 종이쪽지를 하나 주더라고요. 연필로 그린 가방이었습니다. 거기다 '명품 가방'이라고 글씨를 써놓았더라고요.

남편도 알고 있는 것이지요. 제가 명품 지갑이 탐나 부러워한 게 아니라는 걸요. 남편이 너무 귀여워서 가방이 그려진 쪽지를 오래 간직하고 있었습니다.

값비싼 명품 가방은 별로 탐나지 않습니다. 길을 가다 비가 내리면 주인은 비를 맞을지언정 가방은 젖으면 안 되니 껴안고 다녀야 한다잖아요. 저는 민첩하지 않아 가방을 다 적시고 말 겁니다. 그리고 사실 저한테 어울리지도 않아요.

하지만 가볍고 튼튼하고 예쁜 가방은 저도 탐이 납니다. 아이들 어릴 때 짐을 잔뜩 쑤셔 담았던 기저귀 가방, 출판사에서

×××

제 맘대로 만든 가방이라 더 좋습니다.

교정지를 담아 오는 커다란 가방, 슈퍼 갈 때 메고 다니는 자그마한 가방, 공원에 갈 때 간식거리를 잔뜩 싸 가지고 다니는 가방, 이런 가방들이 다 필요합니다.

사실 바느질을 시작하면서 다들 먼저 만들곤 하는 게 가방입니다. 만들기 쉽고 누구에게나 필요한 것이니까요. 그래서 저도 가방을 많이도 만들었습니다.

큰애 초등학교 일학년 때 현장학습을 가게 되었는데, 옆으로 메는 가방을 가지고 오라고 하는 겁니다. 가방이라면 책가방하고 유치원 다닐 때 멋 내며 들던 장난감 같은 가방 말곤 없어서 난감했지요. 몇 번이나 들까 싶은데 새로 사기는 아까웠습니다.

부랴부랴 천들을 찾아 가방을 만들었습니다. 마침 지퍼도 마땅한 게 있었고 끈으로 달 만한 것도 있었지요. 만들다 보니 편한 게 있습니다. 집에 있는 물병이 쏙 들어가도록 크기도 제 맘대로 정할 수 있고 필요한 주머니도 맘대로 달 수 있고요. 아이는 엄마가 만들어준 가방을 메고 신이 나서 현장학습을 다녀왔습니다.

그 뒤로도 아이들이 바라는 가방들을 만들어주었지요. 무지갯빛 끈을 달아 에코백도 만들어주고, 놀이터에서 놀 때 휴대폰만 쏙 넣고 다닐 수 있는 작은 가방도 만들어주고요. 우쿨

렐레 모양을 수놓은 우쿨렐레 교재 가방도 만들었습니다. 둘째 녀석 어린이집에 일주일에 한 번씩 오가던 낮잠 이불도 가방을 만들어 담았습니다. 겉에는 '우리 솔이 낮잠 이불'이라고 수를 놓아서요.

아이들 데리고 공원에 갈 때 쓸 커다란 가방도 만들었습니다. 한쪽 면을 방수 천으로 만들었더니, 풀밭에 던져두거나 물이 좀 튀어도 상관없습니다.

제가 들고 다니는 가방은 주로 헌 옷을 오려 만든 것들입니다. 작아져 못 입는 청바지를 오려 가방을 만들었고요. 겨울 면바지에 수를 놓아 만들기도 했습니다. 여름에 들고 다니려고 면실로 뜨개질해 만든 가방도 있습니다. 시장에 갈 때 들고 가는 장바구니도 만들었지요.

헌 옷으로 만든 데다가 솜씨도 좋지 않아 예쁘거나 멋지거나 하지는 않습니다만, 들고 다니는 물건들에 크기를 딱 맞추고 제 몸에 가방끈 길이도 맞추니 편하고 좋습니다.

살림을 하다 보니 정성껏 만든 외출용 가방보다 더 많이 드는 게 장바구니입니다. 선물도 많이 받고 종류도 다양하지요. 커다랗고 튼튼한 장바구니, 접으면 손바닥 안에 쏘옥 들어가는 장바구니, 바퀴가 달린 장바구니도 있습니다.

저는 마끈을 뜨개질해서 직접 만든 장바구니를 제일 좋아

×××
헌 바지를 자르고 수를 놓아 만든 가방

×××
맨날 들고 다니는 장바구니입니다.

하는데, 시장에 갈 때는 이 장바구니 안에 면으로 만든 주머니 몇 개를 담아 갑니다. 그러면 채소 같은 걸 담을 수 있어 비닐을 덜 쓸 수가 있지요. 가방 안에 늘 얇은 장바구니를 작게 접어 넣어 다니다가 언제라도 꺼내 물건을 담을 수 있도록 합니다. 그렇지 않으면 비닐을 사거나 해야 하니까요. 이렇게 준비를 잘 해서 다니더라도 비닐봉지가 생깁니다. 그 비닐봉지를 잘 접어두었다가 쓰고 또 쓰려고 애를 쓰고 있습니다.

비닐봉지나 쇼핑백을 덜 쓰기 위해서, 헌 티셔츠를 잘라 장바구니로 만드는 법도 배워두었습니다. 티셔츠 아랫단을 일정한 간격으로 잘라 묶는 방식도 있고, 재봉틀로 박거나 천을 꼬아서 만들기도 하더라고요. 헌 티셔츠로 장바구니 만들기는 여럿이 함께해 보아도 좋을 듯합니다. 집에는 장바구니가 충분히 있으니 아이들이나 동네 사람들하고 만들어서 나누어 보고 싶습니다.

가방을 만들어서 들고 다니다 보니, 남들이 들고 다니는 비싸고 멋진 가방이 눈에 들어오지 않습니다. 하지만 어쩌다 직접 만든 가방을 들고 다니는 사람을 만나면 귀신같이 알아봅니다. 고향 사람을 만난 것처럼 반갑지요. 그러면 그쪽도 제 가방을 알아보고 수다가 시작됩니다. 요즘은 가죽공예로 가방을 만들어 들고 다니는 사람도 많습니다. 솜씨가 좋아 직접 만든 가방인지 알아보기 어렵기도 하지만, 그런 이들도 제가 만든 천 가방을 먼저 알아봐줍니다. (엉성해서 금방 표가 나나 봐요.) 그리고는 자기가 만든 가방 이야기를 신이 나서 하곤 합니다.

가방을 만들어 들고 다니는 사람을 만나면, 저와 비슷한 점이 분명 있을 것 같은 생각이 듭니다. 서로 솜씨를 칭찬하고 만든 방법을 묻고 사연을 듣기도 하지요.

혹시 "그런 거 만들 시간에 돈이나 벌어서 가방 하나 사라"고 말하는 사람을 만나게 된다면 저는 그 사람하고 더 말을 섞지 않고 얼른 헤어지고 싶지요. 그런 사람은 저랑 마음이 맞을 리가 없으니까요.

자기 멋대로 만들어서 편하게 쓰는 재미를 알고 사는 사람이라면 긴 이야기를 나누며 친해지고 싶지요. 그래서 저는 오가며 만나는 사람들이 어떤 가방을 메고 다니는지 잘 살펴보지요. 얼마나 비싼 가방인지 궁금해서가 아니라 마음이 통할 만한 사람들을 알아보려고요. 이러나 저러나 가방이 참 중요하긴 한가 봅니다.

청바지의 변신은 어디까지?

제 남편은 환경미화원입니다. 쓰레기를 싣는 트럭을 운전하시요. 이 양반이 일을 하나가 버려진 물건들을 잘 주워옵니다. 그런데 그 물건들이 참 놀랍습니다. 뜯지도 않은 쌀 포대부터, 두루마리 화장지, 새 냄비랑 접시, 상자도 열지 않은 새 가전제품까지 별의별 게 다 있습니다. 이런 걸 버리는 사람들도 있다니 참 놀랄 일이에요.

처음에는 버려지는 물건이 아까워 열심히 주워 오더니, 조금 지나니까 꼭 필요한 물건들만 가져옵니다. 멀쩡한 물건들이 감당하기 힘들 정도로 너무 많은 것이지요. 새 물건도 많다 보니 쓰던 물건이나 입던 옷은 잘 가져오질 않습니다.

그런데 어느 날, 청바지랑 면바지들을 잔뜩 가져온 겁니다. 들춰 보니 태그가 그대로 달려 있고 한 번도 입지 않은 옷들 같았습니다. 어떤 건 옷을 만드는 곳에서 견본으로 쓰고 버린

건지 안쪽엔 이리저리 메모도 되어 있더라고요. 그 바지도 새 옷이긴 마찬가지였습니다.

딸내미 입으라고 몇 벌은 수선을 하고, 가져가 입겠다는 사람들한테 나눠주었습니다. 저도 입고 싶었습니다만 토실토실한 제 몸이 들어가질 않더군요. 그래서 안타깝게도 멀쩡한 청바지 몇 벌이 그대로 남게 되었지요.

어디서 들으니 청바지 한 벌을 만드는 데 물 팔천 리터가 든다고 하더라고요. 또 한 해 동안 만들고 버려지는 옷들이 천억 벌이 넘는다고 합니다. 남편이 가져온 옷들은 그 천억 벌 가운데 몇 벌이겠지요. 함부로 버려지는 물건들 때문에 저희 남편처럼 쓰레기를 치우는 사람들도 힘이 들고요.

식수가 없어 생명이 위태로운 이들도 있는 마당에 참 죄스러운 일입니다. 그리고 주워온 옷들을 가만히 들여다보고 있노라니, 제대로 쓰이지도 못하고 바로 버려진 이것들이 허무하고 가엾다는 생각까지 들었습니다.

그 청바지들은 저희 옷장 안에서 몇 계절을 묵었습니다. 자르거나 뜯어쓰기에도 아까운 터라 마을 벼룩시장에서 주인을 찾아주고 싶어서 그랬습니다. 몇 벌은 그렇게 주인을 찾아갔지요. 그러고도 남은 것들을 가지고 이것저것 만들어보기로 했습니다.

×××

청바지를 잘라
파우치를 만들었습니다.

×××

무지개를 수놓은
작은 가방

유튜브에 등장하는 '금손'들을 보면 청바지를 잘라 재활용하는 경우가 참 많습니다. 마침 잘 되었지요. 그동안은 버리는 청바지가 없어 따라 해보지 못했는데 말입니다. 청바지들을 잘라서 펼쳐놓고 신이 나서 콧노래를 다 불렀지요.

청바지를 잘라 화장품을 담는 파우치를 하나 만들었습니다. 밑면은 직사각형으로 만들어 앉혀두면 안정감이 들도록 하고, 옆면은 둥근 곡선으로 만들어 지퍼가 끝에서 끝까지 다 열리도록 했습니다. 그래야 활짝 열어 먼지를 털기에도 좋고, 눈썹 그리는 연필을 찾느라 이리저리 손을 휘저을 일이 없으니까요. 안감은 갈색과 파란색 육각형 무늬가 섞여 있는 면으로 했습니다. 전에 육각형 컵받침을 만들어 선물하느라 사놓은 천이었지요. 그리고 겉에다 괜히 멋을 부려 제 이름 끝자를 영어 필기체로 수놓았습니다. 이름 끝자가 '현'이나 '영'이 아니라 짧아서 다행이라고 생각하면서요.

헤어드라이어를 담아둘 가방도 하나 만들었습니다. 화장대 서랍 안에 드라이어를 넣을 만한 공간이 없어 작은 가방에 담아 화장대 아래에 두었는데, 가방이 낡은 데다 얼룩이 생겨 새로 만들기로 했습니다. 원래 있던 가방 모양이 쓰기 편하기에 비슷하게 만들어보았습니다. 그러니 본을 그리기도 쉬웠지요. 헤어드라이어 가방 뚜껑에는 여러 가지 색으로 수를 놓아

보았습니다. 수실을 여러 겹 끼워 무지개 색깔로 두꺼운 체인 스티치를 놓았지요. 파란 청바지 색과 쨍한 면실의 색감이 제 맘에 들었습니다.

청바지 천은 어떤 안감을 써도 잘 어울리고, 도톰하고 튼튼해서 모양이 잘 잡힙니다. 그리고 때가 잘 타지 않아 더 좋습니다. 하지만 두께가 있어 바느질 하는 내내 손가락이 참 아팠습니다. 그런데도 재봉틀을 꺼내지 않고 굳이 손바느질을 합니다. 두꺼운 바늘과 튼튼하고 질긴 실로 하는 바느질도 참 재미가 있기 때문이지요.

청바지 천이 많이 남아 쿠션 커버도 만들었습니다. 조각조각 여러 바지들에서 오려낸 천들을 이어 붙였더니, 비슷하지만 다 다른 푸른빛 조각들이 무늬를 이룹니다. 그래서 별다른 장식을 하지 않아도 밋밋하지 않습니다.

그리고도 남은 청바지 조각들로는 이어폰이나 충전기 선을 정리하는 똑딱이를 만들었습니다. 청바지 천을 길쭉하게 자르고 바이어스 테이프로 테두리를 감싼 다음 똑딱 단추를 달면 되지요. 집안 여기저기 엉켜 있는 선들을 정리하기에 딱 좋았습니다.

바지 주머니들은 떼어내어 마을 장터 안내판도 만들었습니다. 주머니 모양을 살려 두 조각, 동그랗게 잘라 두 조각을 만

×××

청바지 주머니로 만든 안내판

들고 수를 놓아 장터 이름을 새겼습니다. 뒷면에는 펠트 천을 대고 감침질을 했지요. 끈을 달고 나무틀에 매달아 안내판을 만들었습니다.

　작은 조각들까지 알뜰하게 써먹고 나서 마음이 개운합니다. 버려지는 천억 벌 옷 가운데 운이 좋은 몇 벌이 우리 집에 왔다는 생각에 뿌듯하기도 합니다. 사람 몸에 한번 걸쳐지지도 못하고 버려지는 옷들이 없어지려면 우리는 정말 어떻게 해야 하는 걸까요?

참 장하고 대견한 보자기

아이들이 초등학교 일학년 때, 학교 준비물에 보자기가 있었습니다. 무슨 전통놀이를 할 때 쓴다고 하더라고요. 서랍 속에 마침 있던 보자기를 하나 보냈습니다. 그 보자기가 어떻게 해서 우리 집에 와 있는지 도통 기억이 나질 않았지만요. 그즈음 학교 엄마들이 연락을 해 옵니다. 집에 남는 보자기 없냐고요. 요즘에야 명절 선물도 다 스티로폼 박스에 담아 부직포 가방에 넣어 보내니 보자기 볼 일이 잘 없습니다. 게다가 보자기는 동네에 파는 데도 없으니 그렇지요.

예전에 저희 어릴 때는 보따리를 이고 다니며 팔던 아주머니들이 있었지요. 커다란 보따리를 풀면 그 속에 속옷도 있고, 손수건도 있고, 엄마들 화장품이나 옷도 있고 그랬습니다. 보따리를 감싼 커다란 보자기는, 짐이 많을 때는 터질 듯 팽팽하게 묶여 있다가 물건을 많이 내려 두고 짐이 작아지면 몸체가 작아지고 매듭은 길어지지요.

그때는 가방이 흔하지 않아서 그랬는지 웬만한 건 다 보자기로 싸 가지고 다녔습니다. 운동회 날 엄마가 만든 김밥 도시락도 보자기에 쌌고, 부산 외삼촌 댁이나 이모네 갈 때 우리 입을 옷가지도 보자기 안에 있었습니다. 그 보자기들은 하나도 예쁘지 않았어요. 어디 어디 절이나 정당에서 나누어주어 글씨가 커다랗게 쓰여 있는 것도 많았지요. '민정당 노태우'라고 쓰인 보자기는 집집마다 하나씩은 다 있었던 것도 같습니다.

보자기는 짐이 많거나 적거나 상관없이 싸서 묶으면 들기도 좋고, 탁 털어 접으면 한 손 안에 들어갈 정도로 부피를 차지하지 않으니 참 편리하지요. 길쭉한 물건이건 각진 물건이건 다 품에 넣고 싸버리니 얼마나 다재다능한지요. 요즘은 여러 나라 사람들이 친환경 포장재로 보자기를 많이 쓰고 있다니 참 반갑기도 합니다.

저도 예전 아주머니들처럼 보자기를 참 좋아합니다. 여행을 갈 때나 아이들 데리고 놀러 갈 때 가방 안에 여행용 파우치 대신 보자기로 짐을 싸고 합니다. 옷들을 차곡차곡 갠 다음 보자기로 싸서 꼭 묶어주면 부피가 줄어 좋지요. 자잘한 물건들은 조그만 주머니에 넣기도 하지만 좀 부피가 있는 수건이나 여벌 옷 같은 것들은 보자기로 싸 가지고 다닙니다. 젊은 엄마들은 제 짐들을 보고는 제가 할머니 같다고도 하지요.

아이들 어릴 때는 면으로 만든 보자기를 가끔 수건 대용으로도 썼습니다. 아이들은 공원 바닥분수에도 맘대로 들어가 흠뻑 젖은 채로 뛰어다니기도 하니까요. 미리 준비한 수건이 없다고 분수에 들어가고 싶은 걸 참을 녀석들이 아니지요. 물을 뚝뚝 흘리며 뛰어오면 보자기를 풀어서라도 닦아주어야지요. 옷이나 장난감을 싸 갔던 보자기에 들꽃이나 조개껍데기를 싸들고 집에 돌아오기도 했지요.

도시락을 쌀 때도 도시락 통을 보자기로 쌉니다. 깨끗이 빨아서 싼 보자기는 도시락을 풀어놓으면 바로 테이블매트가 됩니다. 그래서 아이들 소풍 갈 때는 가장 예쁜 보자기로 도시락을 묶어주려고 애를 쓰지요.

계절 지난 옷을 정리할 때도 보자기가 유용합니다. 겨울옷도 보자기로 묶은 다음 장에 넣으면 자리를 덜 차지합니다.

그런데 이 보자기들을 어디서 구해야 할지 모르겠습니다. 요즘에는 보자기를 찾아보기도 쉽지 않지요. 그래서 저는 보자기를 만들어 쓰고 있습니다. 처음에는 얇은 천을 네모나게 잘라 사방 테두리를 말아 박아서 보자기를 만들었지요. 그러

XXX
보자기 안에는
우리 둘째 소풍 도시락이
들어 있습니다.

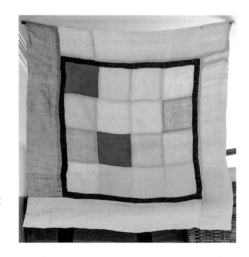

XXX
모시를 이어 조각보를
만들어보았습니다.

다 점점 헌 옷을 이어 만들게 되었습니다.

신혼여행 때 입은 얇은 리넨 셔츠가 하나 있는데, 소매랑 목 부분이 다 낡아서 버리게 되었습니다. 즐거운 추억을 간직하고 싶어서 몸판 부분 멀쩡한 데를 오려서 보자기를 만들었지요. 그리고 아이들 여름 치마를 붙여 만들기도 하고, 자투리를 모아서 보자기를 만들기도 했습니다.

인사동에서 본 모시 조각 보자기를 흉내 내어 만들어보기도 했지요. 장인들의 솜씨하고야 비교할 수 없겠지만 모시는 그 자체로 고와서 그런대로 예쁜 보자기를 만들 수 있었습니다. 이 보자기는 지금 우리 집 정신없는 냉장고 위를 가리는 용도로 쓰고 있습니다.

그리고 이런 일도 있었습니다. 어느 날 출판사 사장님이 이불을 만들어줄 수 있냐고 하시는 겁니다. 돌아가신 어머니 유품으로 보자기들을 간직하고 있는데 그걸 이어서 여름 이불을 만들고 싶다고요. 수선집에도 물어보신 것 같은데 다들 하기 힘들다고 했던 모양입니다. 당장 해보겠다고 나섰습니다.

사장님이 간직하고 있는 보자기들은 참 정겨웠습니다. 떡집 전화번호가 적혀 있는 보자기, 우리 집에도 몇 장 있던 광택 나는 노란 보자기, 수백 번은 짐을 쌌을 것 같은 오래된 보자기들이었지요.

보자기들을 어떻게 이불로 만들지 생각해보았습니다. 얇은 폴리에스테르 천으로 올풀림이 심한 데다 색깔도 곱지 않았고, 오래 쓴 터라 올이 나간 것도 많았지요. 재봉틀로는 도저히 바느질이 되지 않아 손바느질을 하기로 했습니다. 보자기들을 잘라 백 조각을 만들었지요. 색깔대로 섞어서 가로 열 조각 세로 열 조각이 되도록 이었습니다.

바느질을 하면서 한 번도 뵌 적 없는 사장님 어머니가 어떤 분일까 생각해보았습니다. 우리 엄마처럼 오래된 보자기 한 장 쉽게 버리지 못하는 분일 거라고, 그렇게 알뜰하고 따뜻한 분일 거라고 생각했지요. 손때 묻은 보자기로 이불을 만들 만큼 어머니를 사랑하는 아들을 두셨으니 참 행복한 분이지요. 사장님은 어떻게 이런 생각을 하셨을까요? 그 마음이 참 아름다워서 바느질이 고되지 않았습니다.

보자기 조각을 잇다가 좀 멋을 부려도 좋겠다는 생각이 들었습니다. 또 얇고 오래된 조각들을 튼튼하게 보완하기도 해야 했지요. 노란 비단실을 찾아 솔기마다 상침을 했습니다. 보일 듯 말 듯 작은 바늘땀이지만 서로 든든하게 엮여 이불을 튼튼하게 해줄 겁니다.

보자기 조각 뒤에 리넨 천을 대서 이불을 완성했습니다. 잘

×××
사장님 어머니가 간직하셨던 보자기

×××

보자기 조각을 이어 만든 이불

빨아 옥상에 널고 나니 뿌듯하기도 하고 좀 슬픈 생각도 들었습니다. 저는 엄마가 남기신 것들을 이렇게 고이 간직하고 있질 못하거든요. 엄마가 한 이야기들도 엄마가 좋아하던 것들도 시간이 많이 지나니 자꾸 희미해집니다.

사랑하는 이와 언젠가는 헤어져야 하고, 아무리 애를 써도 소중한 기억들은 풍화되어 사라진다는 생각이 들었습니다. 괜히 울적해서 옥상에 앉아 먼저 간 사람들 얼굴을 하나씩 떠올려보았습니다.

그러니, 곁에 두어져 내내 잘 쓰이다가 소중한 기억까지 품게 된 사장님 어머니의 보자기들은 스스로가 참 장하고 대견할 겁니다. 제가 만든 우리 집 보자기들에도 그런 시간이 쌓이면 좋겠습니다. 품 넓고 일 잘 하고 소박한 보자기는 어디에 있더라도 자기 몫을 잘 해내니 앞으로도 내내 곁에 두고 사랑하려고 합니다.

나를 위한 새 옷 짓기

만날 천날 바느질을 하고 있지만 언제부터인지 아이들 것만 만들고 제 것은 만들게 되질 않더군요. 아이들 어릴 때는 앙증맞고 알록달록한 옷들을 만드는 게 너무 재미나서 그랬고, 살림살이에 필요한 물건을 만들거나 남들에게 줄 것들을 만들기 위해 바느질을 하는 때가 많아서 그랬습니다.

사실 저는 옷에 영 관심도 욕심도 없습니다. 젊고 예쁘던 시절에도 옷에 신경 쓰지 않았고, 아무 옷이든 여름이면 시원하고 겨울이면 따뜻하면 그만이라고 생각했지요. 아이들을 낳고 토실토실 살이 찌면서 더더구나 옷차림에 관심이 없어졌습니다. 남편도 저와 비슷한 사람이어서 저희 부부 사철 옷가지는 여섯 자 장 안에 넉넉히 다 들어가지요.

옷뿐 아니라 다른 것에도 그랬습니다. 먹고 사는 일이 참 바쁘고 아이 키우는 일이 숨차서 정신없이 시간을 보냈지요. 가난한 집에 태어나 일찍 철이 들어서인지 무언가를 갖고 싶다고 욕심을 부리기 힘들었습니다. 갖고 싶다고 간절히 원할수록 제 마음만 다치게 되니까요. '그까짓 것 없어도 괜찮아' 하면서 일부러 무심했지요. 허름한 옷을 입고 다닌다고 비웃는 친구들도 있었지만, 저는 속으로 '나는 너희처럼 겉모습에 신경 쓰는 사람이 아니야' 하면서 잘난 체했습니다.

엄마가 오래 병상에 있다가 돌아가셨으니 예쁜 옷 입고 싶다는 욕심을 부릴 수 없었고, 학창시절에는 학비 벌고 공부하느라, 직장 다닐 때는 일에 치여 옷 사고 멋 부리는 일도 귀찮았습니다. 저한테 곱고 따뜻한 새 옷을 사주던 사람은 늘 언니였는데 언니가 미국으로 떠나버린 뒤에는 제 옷차림에 관심주는 사람도 없어졌지요.

어느 날 아침, 거울을 보다가 제 모습에 깜짝 놀란 적이 있습니다. 거울 속에 바로 우리 엄마가 서 있는 것 아니겠어요. 동생이 늘 누나가 엄마랑 똑 닮았다고 그랬어도 그냥 흘려들었는데, 그날 아침에는 제 모습이 우리 엄마랑 너무 닮아 놀랐습니다.

엄마는 늘 머리를 하나로 묶은 다음 긴 핀으로 틀어 올렸습니다. 늘어나고 색 바랜 티셔츠에 일바지를 입었고, 겨울에는 추위를 견디느라 조끼를 껴입었지요. 봄여름가을겨울 얼굴에 로션 하나 바르면 끝이었습니다. 그리고 엄마도 아마 저처럼 식구들 남긴 아침밥으로 끼니를 때우고, 가장 낡은 이불을 덮고 가장 허름한 우산을 썼을 겁니다.

그런 생각을 하다 보니 서글퍼졌어요. 제 스스로를 그렇게 푸대접하는 게 꼭 우리 엄마한테 그렇게 하는 것만 같았습니다. 엄마가 오래 살아 계셨더라면 저는 돈을 벌어 옷도 사드리고 화장품도 사드리고 했을 겁니다. 우리 말고 당신도 좀 챙기시라며 잔소리를 하면서요. 엄마는 있는 대로 우리들한테 내어주느라고 스스로에게 야박하셨지요. 워낙 검소하고 소박한 분이기도 했지만요.

그러면서 '이건 옳지 않다'는 생각을 하게 되었어요. 저는 스스로를 챙기지 않고 관심도 주지 않고 살고 있었습니다. 돈을 쓰지 않더라도 시간을 많이 들이지 않더라도 제 자신을 위해 할 수 있는 일이 많을 텐데 말입니다. 그런 생각을 하게 된 뒤부터 혼자 밥을 먹게 되더라도 갖추어 밥상을 차리고, 아이들에게 방해하지 말라고 당부하고 여유 있게 반신욕도 하고 그랬습니다.

그리고 여태 힘내서 열심히 살아온 저를 위해서 선물을 주어도 좋겠다고 생각했습니다. 이런 생각이 들 때 아마 여행을 좋아하는 이라면 여행을 떠났을 테고, 요리를 좋아하는 이라면 자신을 위해 맛있는 요리를 만들었겠지만, 저는 저를 위해 바느질을 하기로 마음먹었습니다. 새 옷을 한 벌 지어 입기로요,

큰맘을 먹고 오로지 제 옷을 만들기 위해 파란 리넨 천을 샀습니다. 그러고 보니 저는 초록색하고 파란색을 참 좋아합니다. 저렴하다거나 실용적이라거나 유행하고 있다거나 무난하다는 이유 말고, 오로지 제 맘에 드는 걸 기준으로 천을 골랐습니다. 그게 어찌나 통쾌하던지 정말 신이 났어요.

그리고 어떤 모양으로 옷을 만들지 생각하면서 설렜습니다. 이제 다시 날씬해질 일은 없을 테니, 품을 넉넉하게 만들어 오래오래 입어야지 했습니다. 그리고 바람 불면 옷자락이 좀 날리도록 길었으면 좋겠다고 생각했어요. 이번만큼은 천도 무엇도 아끼지 말고 하고 싶은 대로 다 해볼테다 다짐했습니다.

집에 있는 재킷을 꺼내 펼쳐놓고 본을 그렸습니다. 종이에 그린 옷본을 파란 리넨 천에 대고 그린 다음 마름질을 하고요. 시침핀을 꽂은 다음 어깨솔기부터 재봉틀로 박았습니다. 목 부분은 차이나 칼라처럼 만들었습니다. 단추는 하나도 달지 않았습니다. 앉거나 어딘가에 기댈 때 단추가 닿는 느낌을 싫어하거든요. 큼직한 주머니도 두 개 달아놓았습니다. 그래서

기다란 리넨 재킷이 완성되었습니다.

패션 감각이라고는 눈꼽만치도 없는 데다 내키는 대로 만든 터라 남들이 보기에는 촌스러운 옷일지도 모릅니다. 하지만 계절이 바뀌어 아침저녁으로 찬바람이 스며들 때나, 봄날 가벼운 겉옷이 필요할 때 입기 적당한 옷이라 좋고, 자연스레 구겨지는 멋이 있는 리넨 천이라 좋고, 흔치 않은 파란 색이라 제 맘에 들고, 손을 넣고 걷기 좋도록 커다란 주머니가 있어 참 좋습니다. 걸을 때 긴 옷자락이 펄럭이는 느낌도 참 마음에 듭니다.

이 옷은 이제 제게 왔으니, "이제 그만 나를 버려달라"고 옷이 제게 사정할 때까지 오래오래 함께 머물 예정입니다. 세월이 지나 쓸리고 닳아 해지게 되면 저는 아마 오리고 꿰매서 무엇이든 만들어서 써먹을 겁니다.

이제 제 옷 한 벌을 지어보았으니 어쩌다 한 번쯤은 제 옷을 지어보려고 합니다. 제가 지어 제게 주는 것이지만 새 옷을 사입는 것보다 더 대접받는 느낌이 듭니다. 만드는 시간도 선물이니 선물을 두 배로 받는 것이기도 하고요.

우선 잠옷을 한 벌 짓고 싶습니다. 나이를 먹으면서 잠드는 일이 가끔 힘들고 잠자리에 근심 걱정이 곧잘 뒤엉키기 때문이지요. 아이들 어릴 때 지었던 옷처럼 부드러운 옷감으로 몸

✕✕✕

파란 리넨으로 지은 제 옷입니다.

에 거슬리지 않게 편하게 지어서 입고 자고 싶습니다.

그리고 언젠가 이 세상 떠날 때 입고 갈 수의 하나쯤 제 손으로 만들어두고 싶습니다. 화사한 색에 과하지 않게 꽃무늬도 있었으면 좋겠다고 생각해두었습니다. 치마저고리로 만들지 원피스로 만들지는 정하지 못했습니다. 아직 시간이 넉넉히 남았을 테니 이렇게 만들까 저렇게 만들까 두고두고 더 생각해보려고 합니다.

그리고 우선 친구들한테 "그 사람 참 잘 살고 갔네"라는 소리를 들을 수 있도록 열심히 살아야겠어요.

충전기 정리용 똑딱이

온 식구가 스마트폰을 쓰니 충전기도 많지요. 거기다 노트북 충전기에다 이어폰에다 선들이 많아 정리하다 보면 짜증이 납니다. 전선정리하는 철사 같은 걸로 묶어두니 거슬리기도 해서 자투리 천으로 정리용 똑딱이를 만들어보았습니다.

××××××××××××××××××××××××××××××××××××××

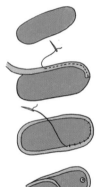

① 선을 감을 만큼 길이를 정해 타원형으로 천을 잘라줍니다. 청바지 천처럼 두꺼운 천이라면 한 겹으로, 얇은 천이라면 두 겹으로 준비합니다.
② 테두리를 따라 바이어스 테이프를 대고 박음질합니다.
③ 바이어스 테이프의 끝과 끝 부분은 접어둡니다.
④ 바이어스 테이프를 접어서 뒷면에 대고 공구르기를 합니다.
⑤ 양쪽 끝에 스냅 단추를 달아 완성.
⑥ 코바늘뜨기로 뜨개질을 해서 스냅 단추를 달아도 좋아요.
⑦ 이어폰이나 충전기 선을 접은 다음 정리용 똑딱이로 감싸고 스냅 단추를 달아 정리합니다.

Part 4

×

**감침질,
잇고 마무리하는**

책 좋아하는 사람들은 책 모임을 많이들 하잖아요. 저도 책 모임을 하고 있습니다. 하나는 오래된 지인들과 함께하는 모임이고, 또 하나는 둘째아이 다니는 초등학교에서 엄마들끼리 모여서 하는 모임입니다.

학교에서 하는 책 모임은 교육청 지원을 받는 터라 학교에서 책도 사주고 간식도 사줍니다. 학교 엄마들이 모여서 하는 모임이니 학교 행사에 자연스럽게 봉사를 하게 되지요. 아이들한테 그림책을 읽어주기도 하고, 가을에 열리는 학교 '책잔치'에도 참여합니다. 아이들하고 같이 책도 읽고 놀이도 하는데 엄청 재미납니다. 벌써 몇 해째 하고 있는데 하면 할수록 점점 더 잘하고 싶은 욕심이 생깁니다.

지난번에는 아이들에게 우리 옛이야기를 들려주기로 의논이 되었는데요. 엄마들이 할머니 분장을 해볼까, 인형극을 꾸며볼까 하다가 손인형을 끼고 옛이야기를 들려주기로 했어요. 그래서 이야기 할머니 손인형이 필요하게 되었답니다. 바느질 좋아하는 제가 한번 만들어보겠다고 나섰지요.

광목으로 얼굴이랑 팔 몸통을 만든 다음 솜은 얼굴과 팔에만 넣었습니다. 한복을 만들어 입힌 다음 펜으로 얼굴을 그리고 털실로 머리를 만들어 붙였지요. 치마 안으로 손을 넣어 손가락들을 머리통과 양팔에 집어넣으면 할머니 인형을 움직일 수 있습니다. 한 회원의 아이디어로 치마허리에는 이야기 주머니 두 개를 달아놓았습니다.

아이들 가운데 한 명을 골라 묻습니다.

"빨간 주머니에 든 이야기를 들려줄까, 파란 주머니에 든 이야기를 들려줄까?"

그러면 아이가 주머니 하나를 고르는 것이지요. 실은 고르는 색깔에 상관없이 이야기 두 개를 준비해 들려주는 것이었지만, 엄마들의 실감나는 연기 덕에 아이들은 까르르 넘어갔습니다.

책 모임 엄마들이 네 팀으로 아이들 반에 들어가 이야기를 들려주기로 했기 때문에 인형은 네 개가 필요했습니다. 인터넷 검색을 해보니 정말 예쁘고 정교하게 만들어진 손인형들이 많더라고요. 제 솜씨로는 그 인형들을 흉내도 낼 수 없었지

×××
우리 모임 최고 이야기꾼 지선 씨

×××
이야기 할머니 손인형을
만들었습니다.

요. 그래서 엄마가 집에서 만든 것처럼 수수하고 투박한 게 멋이라고 우겼습니다. 그래도 다들 서툰 솜씨로 만든 인형을 좋아해주었습니다. 아이들에게 「신통방통 도깨비」 이야기를 들려줄 때 실은 인형보다 실감나는 할머니 목소리가 큰 몫을 했습니다.

집에서 조물락조물락 만든 인형이 밖에서 잘 쓰이니 참 신이 났습니다. 우리 아이들이 이제 다 커버려서 인형 만드는 일이 끝난 줄 알았는데, 집 밖에서도 인형을 가지고 놀 수가 있다니요. 할머니 인형들은 학교 도서실에 잠시 전시가 되었다가 책 모임 엄마들의 집으로 나뉘어 가게 되었습니다.

그 뒤에도 학교에서 아이들하고 책을 읽을 기회가 또 생겼습니다. 엄마들이 일학년 이학년 아이들한테 그림책을 읽어주기로 한 것이지요. 저는 또 인형을 준비해 가기로 했습니다. 이번에는 손인형 말고 작은 인형 극장을 만들어보기로 했어요. 귤 상자를 자르고 배경을 그려 인형 극장을 만들었습니다. 들고 다니기 편하도록 작은 상자를 골라 만들고 뚜껑을 달았지요. 이번에도 일부러 집에서 만든 느낌이 나도록 투박하게 만들었다고 우겼습니다. 손바닥만 한 인형 두 개를 만들고 인형에 대바늘을 꽂아 움직이기로 했습니다.

귤 상자를 커다란 보자기로 싸 가지고 교실에 들고 들어갔습니다. 보자기를 풀고 귤 상자가 보이니 아이들은 귤을 가져온 줄 압니다. 귤 상자를 세우고 뚜껑을 열어 펼치면 '심심이'네 집이 나오지요. 인형을 꺼내고 인형극을 시작합니다.

심심이가 놀이터에서 친구 조아랑 싸우고 집에 돌아옵니다. 텔레비전도 재미없고 스마트폰 게임도 재미가 없지요. 친구랑 다퉈 마음이 편하지 않으니까요. 그러다가 방 한구석에 있던 그림책을 찾아 읽는다는 이야기입니다. 그림책 제목은 『내일 또 싸우자』입니다.

연기도 서투르고 이야기도 뻔하지만, 아이들은 나름 정성껏 준비해 온 것을 잘 알아주었습니다. 심심이가 찾아낸 작은 그림책을 들고 '수리 수리 마수리 짠'을 외치면서 커다란 그림책으로 바꿔치기 하면 착한 아이들은 박수도 쳐주더라고요.

어떤 아이들은 계속 장난을 치고 또 어떤 아이들은 "그런 시시한 거 하지 말고 차라리 공부나 해요" 하기도 합니다. 당황스럽고 마음이 따끔따끔했지만 꾹 참고 열심히 그림책을 읽었습니다.

같이 그림책을 읽어주는 학부모들 중에는 전문가 뺨치는 실력을 가진 분들도 많았고, 그림책 공부를 오래 한 이들도 많았습니다. 어떤 이는 노래도 부르고 재밌는 게임도 해 가며 아

XXX

인형극 주인공 심심이랑 조아

XXX

아이들은 시시한
인형극도 좋아해주었어요.

이들을 확 사로잡기도 했습니다. 이런저런 재주나 공부가 부족한 저는 그래도 제가 지닌 재주를 써먹은 것이지요.

학교에 가서 아이들을 만나보니 참 배우는 게 많습니다. 예전처럼 동네 아이들하고 알고 지내는 경우가 많지 않으니 학교에서라도 아이들을 만나는 것이지요. 우리 아이 친구들을 만나면 참 반갑고 한 동네 사는 아이들도 참 반갑습니다.

지난해에는 육학년 아이들하고 한 달에 한 번 만나 책을 읽기도 했습니다. 거칠고 뾰족뾰족하고 마음이 아파 보이는 아이들도 만나게 됩니다. 아이들 말에 상처를 받고 집에 와 끙끙 앓기도 했지요. 아무리 애를 써도 아이들이 책을 읽지 않아 안타깝기도 했습니다. 그래도 저는 어른이니 오래 화를 낼 수 없지요.

그 아이들이 잘못되지 않고 잘 자랐으면 하고 간절히 바랍니다. 그래서 저는 동네에서 오가며 아이들을 지켜보는 눈이 되고 싶습니다. 예전 우리 동네 아주머니들이 그랬던 것처럼요. 그런 마음으로 엉성한 인형이나마 꿰매는 것입니다. 그리고 학교에서든 어디에서든 엉성한 인형들을 들고 가서 또 인형극을 하고 싶습니다.

여럿이 함께하는 정겨운 바느질

살면서 어떤 친구를 만나는지에 따라 삶이 많이 달라지기도 하지요. 저한테는 사람들을 아우르기 좋아하고 나누는 걸 기뻐하는 친구들이 좀 있습니다. 그 친구들하고 지내다 보니 저도 덩달아 막 오지랖이 넓어집니다.

지난해 친하게 지내는 동네 친구 윤희 씨랑 지영 씨랑 벼룩시장을 열었습니다. 학교 앞 놀이터에 장꾼들을 모아 집에서 가져온 물건들을 펼쳐놓고, 아이들하고 놀이도 하고 음식도 나눠 먹으면서요. 시에서 하는 마을공동체 사업 지원을 받은 건데 정말 재미났습니다. 우리는 벼룩시장에 '모두장터'라는 이름을 붙였습니다.

처음에는 사람들이 많이 안 오면 우리끼리 재미나게 놀자고 마음먹었지요. 하지만 사람들이 많이 모이고 서로 사귀고 다 같이 놀면 얼마나 좋을까 설레기도 했습니다. 한 사람이라도 더 왔으면 하는 마음에 현수막도 걸고 전단지도 돌렸지요.

경험이 많은 윤희 씨는 아이들하고 재미나게 놀 궁리를 참 많이 해두었습니다. 여섯 번 장터를 여는 동안 우리는 보물찾기도 하고 신발 던지기도 하고 제기차기랑 고무줄놀이도 했습니다. 아이들하고 놀다 보면 어른들도 나와서 열심히 신발을 던지고 고무줄 놀이를 합니다, 준비하느라 진이 다 빠지고 물건도 잘 안 팔리는 벼룩시장이지만 우리는 할 때마다 아이들하고 깔깔깔 웃다 왔습니다.

처음 장터를 열 때 사람들 이목을 끌기 위해서 여러 가지로 준비를 했습니다. 펠트 천에 '모두장터' 글자를 칼로 파서 가랜드도 만들고요. 알록달록 여러 색깔로 만들어서 장터가 열리는 놀이터 곳곳에 걸어두었습니다.

가게에서 맞춘 현수막도 하나 있었지만 우리 손으로도 하나 더 만들어보면 어떨까 했습니다. 광목천에다 자투리 천들로 '모두 장터' 네 글자를 아플리케 해서 붙이고 '우리 동네 생기발랄 벼룩시장'이라는 글씨를 수를 놓았습니다. 천에 쓰는 펜으로 그림도 그렸지요. 사방 테두리를 접어 박고 구멍을 뚫어 튼튼한 끈을 꿰어두었습니다. 삐뚤빼뚤하지만 정겨운 현수막이 완성되었지요.

×××

바느질을 해서 만든 모두장터 현수막

아이들이 놀다가 와서 보고 "이거 손으로 만든 거예요?" 하고 물으면 "그럼 그럼, 아줌마들이 만들었지." 하며 뿌듯했습니다.

격식을 차리지 않고 동네 사람들끼리 편하게 여는 장터에 이런 현수막과 손으로 오린 가랜드가 잘 어울린다는 생각을 했습니다. 손으로 만든 물건에 정겨움이 깃드는 것은 빈틈이 많아서겠지요.

다른 모임에서도 이런 정겨운 천을 한번 만들어보고 싶었습니다. 큰애가 다녔고 둘째아이가 다니고 있는 초등학교에서 아이들 엄마들이 모여 책 모임을 합니다. 방학 때 빼고 한 달에 두 번 책을 읽고 이야기를 나누는 모임입니다. 학교에서는 교실 하나를 비워두고 여러 학부모 동아리 모임을 하는 데 쓰고 있었습니다.

어느 날 모임을 하는 교실에 가보았더니 교실 뒤 게시판에 다른 모임 현수막이 붙어 있더라고요. 우리 모임에는 없는 것이어서 괜히 부러웠습니다. 그걸 보고 우리도 우리 모임 이름이 쓰인 현수막 하나 만들어두면 좋겠다고 생각했습니다.

돈을 주고 살 수도 있었지만 한번 만들어보면 어떨까 했습니다. 그래서 책 모임 회원들과 날을 잡아 다 같이 만났지요.

광목천이랑 자수 실이랑 천에 쓰는 패브릭 마카 들을 준비했습니다. 여럿이 모여 머리를 모아 의논을 하고 연필로 밑그림을 그렸습니다. 그리고 한 구석씩 맡아 앉아 그림을 그리고 색칠을 했습니다. 우리 모임 이름인 '책비' 두 글자가 잘 보이도록 글자 테두리에 체인스티치를 놓았습니다.

열심히 만들다가 또 아이들 데리러 갈 시간이 되면 하나둘 자리에서 일어나곤 했습니다. 더러는 아이들이 찾아와 한 구석 색칠을 맡기기도 했지요. 두 주에 한 번 책모임 시작하기 전 잠깐, 또 다음 시간에 잠깐, 이런 자투리 시간들을 모아 현수막 같은 천을 만들 수 있었어요. 연말 모임 땐 이 천을 걸어 두고 단체 사진도 찍었습니다.

그리고 장터와 책모임에서 만났던 이들 가운데 몇몇은 모여서 함께 바느질을 하기도 했습니다. 컵받침도 만들고, 브로치에 자수도 놓아 보고, 동네 노인들께 나누어드릴 천 마스크를 만들기도 했습니다.

그림을 그리고 바느질을 하면서도 우리들은 입을 쉬지 않습니다. 사는 이야기들을 끊임없이 쏟아내고 또 다른 이의 이야기를 진지하게 듣지요. 아이들이 어떻게 속을 썩이는지, 요즘 어떤 반찬을 해 먹는지, 친절하고 진찰 잘 하는 이비인후과는 어딘지에 관해 이야기를 나눕니다. 나라 정책이나 더 큰 세

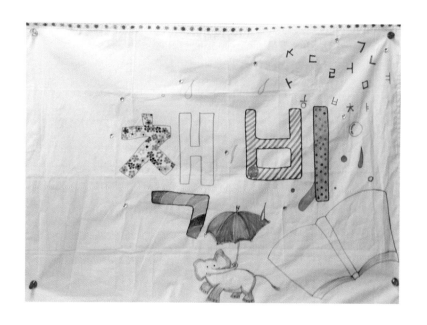

×××

책 모임 현수막을 만들고 있습니다.

상에 관해서도 이야기를 나누지만 우리는 서로가 어떻게 살고 있는지가 더 궁금합니다.

책 모임을 하거나 장터에 나올 때면 다들 집에서 감자를 쪄 오고 커피를 내려오고 과일을 챙겨 옵니다. 처음에는 모임에 나갈 때마다 머리도 만지고 화장을 하고 옷을 차려입기도 했지만, 시간이 지나다 보니 우리는 그런 것 대신 나눌 것들을 더 생각합니다. 음식을 나누고 이야기를 나누고 집에 있던 물건들을 나눕니다. 그러면서 조금씩 더 가까워지고 있습니다.

동네 장터에서건 책 모임에서건 우리는 만나 아주 소소한 이야기들을 합니다. 그 소소한 이야기들이 어마어마한 담론이나 철학보다도 중요하다고 저는 생각합니다. 그리고 그런 곳에 손으로 바느질해 만든 물건이 썩 잘 어울리는 것 같습니다.

동네에 숨어 있는 바느질 고수들

바느질을 좋아하다 보니 블로그나 유튜브에서 바느질 고수들을 보곤 합니다. 가끔은 서점에서 바느질 책을 사기도 하지요. 책에는 따라할 수 있는 옷본도 들어 있어 잘 활용할 수 있습니다. 너무 피곤하거나 일이 많아 바느질할 틈이 나지 않으면 인터넷에서 그런 고수님들의 흔적을 찾아보기도 합니다. 눈으로 바느질을 따라 하면서 바느질하는 꿈을 꾸지요.

제가 살고 있는 동네에서도 종종 바느질 고수들을 만나곤 합니다. 우연찮게 그런 고수들을 만나면 너무 반가워 호들갑을 떨게 되지요. 한수 가르침을 받고 싶어 자꾸 말을 걸고요. 블로그나 유튜브의 바느질 고수들과 달리 동네에 숨어 있는 고수들은 자신을 잘 드러내지 않습니다. 하지만 "이거 직접 만드신 거예요? 어머, 이 바늘땀 좀 봐." 하고 솜씨를 알아차리기만 하면, 그분들의 입은 술술 열리게 되어 있지요.

동네 카페 '아이엠 홍' 사장님도 우리 동네 바느질 고수입니다. 사장님의 전공 분야는 퀼트인데 가게 안에 작품들이 가득합니다. 음식 솜씨도 뛰어나 브런치 카페를 열게 된 것이지요. 가게를 장식한 바란스나 테이블보, 의자 커버도 다 사장님 솜씨이고, 찻잔을 받치는 받침도 하나하나도 다 직접 만든 작품이지요. 헌 청바지로 만든 앞치마는 너무 예뻐서, '내가 만든 건 보여드리지 말아야겠다'고 생각했어요. 결혼을 앞둔 큰따님을 위해서 만든다는 반짇고리가 너무 고와서 넋을 잃고 훔쳐보기도 했지요. 한 수 배워서 우리 딸들한테도 그런 걸 만들어주고 싶었습니다.

가게는 넓지 않아 열 명이 앉으면 꽉 차고 메뉴도 많지 않지만, 저는 이 가게가 다른 어디보다 화려해 보입니다. 고운 모양으로 아플리케한 식탁 매트 위에서 밥을 먹고 한 땀 한 땀 수놓은 커튼 아래서 차를 마시니까요.

'아이엠 홍' 사장님은 손가락 관절이 아파 이제 바느질을 안 할 거라고 말하시는데, 카페에 가면 자주 바느질을 하고 계십니다. 바느질이 얼마나 재미있고 마음을 채우는 것인지 저는 알지요. 손주라도 태어난다면 사장님 손은 아마 몇 배로 더 바빠질 겁니다.

×××

우리 동네 카페 아이엠 홍

미용실 몽셸 헤어 원장님도 바느질 고수입니다. 친구 머리 하는데 따라갔다가 곳곳에 바느질해 만든 물건들을 보게 되었지요. 실은 그 앞을 지나다니면서 창에 걸린 레이스 커튼이 너무 멋져서 자주 쳐다보곤 했지요. 미용실 안 선반에는 고운 천으로 만든 요요들을 엮어 덮개를 만들어놓았고, 쇼파 커버도 직접 만들어 씌워두었더라고요. 색감이 참 고와 감탄을 했습니다. 들으니 아들이 둘이라던데 언제 일하고 살림하고 아이 키우고 바느질을 할까 싶어서 그저 존경스러웠지요.

원장님한데 혹시 바느질 모임 같은 걸 해볼 생각이 있는지 물었더니, 혼자서 하는 게 편하답니다. 시간을 쪼개 쓰는 분이니 그렇기도 할 거라고 생각했지만 한 수 배울 기회를 놓쳐 아쉬웠지요.

제 친구 윤희 씨는 바느질 솜씨가 대단해서가 아니라 나눔을 실천하기에 고수입니다. 향초나 방향제 같은 걸 잘 만드는데, 아이들하고 같이 만들기도 하고 나누기도 잘 하지요. 얼마 전 이 친구는 인견 원단으로 마스크들을 만들어서 동네 할머니들께 나눠드렸어요. 친구 잘 둔 덕에 저도 옆에서 조금 거들 수 있었습니다. 사람들을 잘 모으고, 환경운동도 열심히 하고, 온 동네 아이들을 데리고 잘 놀아주는 사람입니다.

저는 윤희 씨를 따라 다니며 가죽 공예도 배워보고 천연 화장품 만들기도 해보았습니다. 라탄 바구니 엮는 법을 함께 배워 아이들하고 같이 바구니를 엮기도 했지요. 늘 방구석에서 혼자 바느질을 하던 저는 이 활발한 친구를 만나 여럿이 모여 무언가를 만드는 재미를 알았습니다.

우리 빌라 이층에 사는 아주머니는 오랜 세월 재봉틀로 이불 만드는 일을 하고 계십니다. 옥상에 널어놓은 이불을 직접 만드셨다길래 깜짝 놀랐지요. 아주머니의 재봉틀에는 솜이불을 누비기 위해 노루발을 빼놓는다고 합니다. 노루발이 없어도 박음질을 할 수 있다니 신기했지요. 저도 바느질을 한다니까 아주머니가 얼마나 반가워하시던지요. 식구들 이불은 멀쩡한 천으로 만들지 않고 남는 천을 이어서 만든다는 이야기를 듣고 저는 괜히 마음이 통하는 것 같았습니다.

우리 동네 시장 안쪽에 있는 순영 뜨개방에는 늘 뜨개질 고수 할머니들이 앉아 계시고요. 요 아래 황실 십자수 사장님은 장사보다 규방공예와 전통복식을 공부하느라 더 바쁩니다. 만든 물건들을 가지고 나오는 플리마켓에 가면 또 어마어마한 고수들을 만날 수 있지요. 그리고 제가 만나보지 못한 숱한 고수들이 곳곳에 숨어 있을 겁니다.

×××

아이들하고 바구니를 짜고 있습니다.

이렇게 바느질을 좋아하고 만드는 일을 사랑하는 이들이 많다는 생각에 신이 납니다. 가끔 전국 방방곳곳을 다니며 숨은 고수들을 만나는 '바느질 기행'을 해보는 벅찬 꿈도 꾸어 봅니다.

너무 먼 꿈이니 일단은 우리 동네에서 바느질 고수들을 만나보고 싶습니다. 그 분들과 마음 맞춰 함께 바느질을 해보면 얼마나 좋을까요. 시간과 용기를 조금만 내면 가능할 것도 같습니다. 물론 홈질과 박음질을 헷갈려하는 초보 바느질꾼도 함께해야겠지요. 마음만 있다면 말입니다.

아이들과 함께 인형 만들기

아이들 그림으로 인형을 만들어보면 어떨까요? 아이들은 그림이 인형으로 변하는 짜릿한 순간을 좋아합니다. 만들기도 쉬우니 아이들하고 같이 만들어볼 수 있어요.

××

① 광목 천을 준비합니다. 인형을 그릴 크기대로 두 장 준비합니다.

② 큼직하게 그림을 그립니다. 패브릭용 마카나 네임펜을 사용하면 빨아도 지워지지 않아요. 그림을 그릴 때는 굴곡이 많지 않게 그려야 만들기 편합니다.

③ 그림을 그린 천 뒤에 광목 천을 한 장 더 대고 똑같이 마름질을 합니다.

④ 뒷면에도 그림을 그립니다.

⑤ 뒤집어서 겉끼리 마주보게 하고 시침핀을 꽂습니다.

⑥ 창구멍을 남기고 박음질을 합니다.

⑦ 뒤집어서 솜을 넣습니다.

⑧ 공그르기로 창구멍을 바느질하면 완성.

⑨ 단추나 리본으로 더 꾸며도 좋아요.

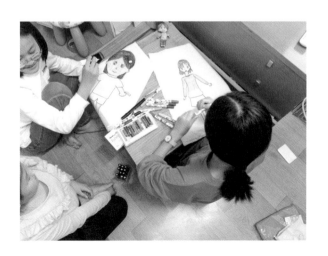

바느질하는 마음

사십 년이나 바느질을 했고 이렇게 책까지 쓰고 있으니, 어떤 분들은 제 바느질 솜씨가 대단할 거라고 생각할지도 모릅니다. 저도 그랬으면 좋겠지만 사실 그렇지는 않아요. 배우는 데 게을러서인지 제 솜씨는 정교해지지도 않고 감각도 촌스럽기만 합니다.

하지만 요리 실력이 뛰어난 사람만 집밥을 부지런히 지어 먹는 건 아닌 것처럼, 고기를 잘 낚는 사람만 낚시를 즐겨 하는 것 아닌 것처럼, 저도 소박한 솜씨를 가지고 부지런히 바느질을 하며 살고 있습니다.

별것 아닌 이 이야기를 쓰면서도 끊임없이 바느질을 했습니다. 봄에서 여름을 지나오는 동안 자투리 헝겊들을 모아 손수건도 만들고 베갯잇과 물병 주머니도 만들었지요. 낡아 빠진 오래된 여름 이불을 수선했고, 해져 버리게 된 동생 바지를 줄여 제 반바지를 만들기도 했습니다. 그리고 출판사 사장님 부탁을 받아 보자기들로 여름 이불을 만들었지요.

작업 중인 바느질감도 여럿 있습니다. 둘째아이를 위해 면 생리대를 만들기 시작했고, 자투리로 보자기를 만들고 있습니다. 방석을 만들기 위해 면실로 뜨개질도 하고 있지요.

하나를 다 완성하고 나서 다음 것을 시작하면 좋을 텐데 저는 그렇게 하질 못합니다. 마음이 앞서 여러 가지를 벌여놓고 그때그때 맘이 가는 대로 바느질감을 집이 들고 바느질을 합니다.

이 글을 쓰느라 여태 어떤 것들을 바느질하고 살아왔나 더듬어보고, 그때 어떤 마음이었는지 되새겨보고 있자니 저는 더 많이 바느질을 하고 싶었습니다. 몇 장을 써놓고 다시 바느질을 한바탕 한 다음 글을 다시 살펴보면 고칠 것들이 보입니다. 열중해서 일을 하다가 산책을 하거나 세수를 하고 오는 것처럼 저는 바느질을 하며 마음을 잠시 쉬었지요.

바느질하면서 살아온 제 이야기를 쭉 더듬어보면서 행복했던 때가 기억나서 참 흐뭇했습니다. 아이들 어릴 때, 신이 나서 바느질을 하고 아이들은 엄마 솜씨에 열광적으로 감탄해주던 때가 있었지요.

조금 전에 큰애한테 엄마가 만들어준 것들 중에서 가장 좋은 건 뭐냐고 물으니 '사탕 베개'랍니다. 네 살 때 동생이 태어나 엄마를 껴안지 못하고 잠드는 게 가여워 만들어준 길쭉한 베개지요. 이 베개를 고치고 또 고쳐 아직도 안고 잡니다.

둘째한테도 똑같이 물었습니다. 그랬더니 어린이집에 낮잠 이불과 같이 가져갔던 작은 '아기 베개'가 가장 좋답니다. 지금도 이 작은 베개는 둘째 침대에서 같이 잠을 잡니다.

온갖 솜씨를 다 부리고 좋은 재료를 써서 만들어준 예쁜 옷도 있는데, 아이들은 매일 보고 만지고 쓰는 것들을 가장 사랑하네요. 벽에 걸어두는 장식품이 아니라 아이들이 매일 보고 만지고 쓰는 것들을 만들 수 있어서 저는 제 바느질이 참 좋습니다.

더러는 울컥 눈물이 난 적도 여러 번 있습니다. 예전 일들을 돌아보다가 돌아가신 엄마 아버지 생각이 나서 한참 울었고, 멀리 떨어져 사는 언니가 보고 싶어 좀 울었고, 또 예전의 제가 가여워서도 조금 울었지요.

울다가 또 몇 글자 자판을 두드리다가, 다 치워버리고 바느질감을 찾아 든 적이 많습니다. 이런 날은 자려고 누웠다가도 일어나 바느질을 하게 됩니다.

마음 속 물웅덩이 깊은 곳에서 바닥까지 두레박을 내려 '드윽' 소리가 나게 닿도록 물을 길어 올렸다면, 물웅덩이는 출렁이게 마련입니다. 물결이 잠잠해질 때까지 가만히 기다리며 바느질을 합니다. 하지만 깊이 고여 있던 물을 길어올려 햇빛을 쬐이고 공기를 쐬였으니 마음은 더 맑아졌을 거라 믿습니다.

한바탕 울고 난 뒤에 저는 바늘에 실을 꿰어 적당한 길이로 자른 다음 아퀴를 짓고 바느질을 시작합니다. 뚜벅뚜벅 길을 걷는 것처럼 한 땀 한 땀 채워가나 보면 마음이 고요해지지요. 이럴 때 저는 제 바느질이 참 든든합니다.

가만히 생각해보니 저는 손으로 바느질하는 것처럼 살고 있는 것 같습니다. 큼직하고 시원스런 계획을 세우기보다 하루하루를 한 땀 한 땀 채워가는 것에 더 열중하지요. 모든 일들을 좀 느리더라도 정성스럽게 해내며 살고 싶습니다.

그리고 꼭 우리 엄마가 그랬던 것처럼 낡고 오래된 것들을 버리지 못하고 껴안으며 살고 있습니다. 엄마가 하던 것처럼 걸레를 빨아 방바닥을 닦고, 엄마가 하던 것처럼 구멍 난 양말을 기우고 옷을 고쳐 입으면서요. 새것을 덥석 사지 못하고 오래된 것을 닦고 고쳐 쓰고, 매끈하고 세련된 것보다 못나고 투박한 것에 마음을 뺏기는 것도 그렇지요. 생각해보니 저는 엄마를 참 많이 닮았습니다. 어릴 때는 엄마처럼 궁상맞게 살지 않겠다고 다짐했었는데, 지금은 엄마가 살던 것처럼 살려고 애를 쓰고 있으니 인생은 참 알 수 없는 것입니다.

우리 딸들 앞에는 어떤 날들이 펼쳐질까요? 엄마처럼 살기 싫다고 마음먹는 딸들 덕분에 이 세상이 앞으로 나아가는지도 모릅니다. 하지만 어떤 소박한 삶의 지혜들은 오래오래 그 빛을 잃지 않고 우리를 채워주지요. 우리 딸들이 어떻게 살겠다고 마음먹을지는 모르겠습니다. 하지만 어떤 삶을 선택하든, 오래오래 전해지는 소박한 그런 지혜들을 잘 찾아내서 닦고 빛내며 살기를 기도합니다.

저는 아마 앞으로도 바느질을 계속 하며 살 것 같습니다. 가장 두려운 일이 눈이 침침해져 바늘구멍에 실을 못 끼우게 되면 어쩌나 하는 것인데, 들으니 자동 실 끼우개도 있다고 하네요. 자동 실 끼우개랑 돋보기가 도와준다면 더 오래 바느질을 할 수 있겠습니다. 그러니 여태 벌여놓은 바느질감도 부지런히 완성하고 새로운 바느질거리도 찾아가면서, 혼자서도 여럿이서도 바느질을 하면서 잘 살아볼 생각입니다. 한 땀 한 땀 바느질을 하듯이 새로운 것을 짓고, 헐고 망가진 것을 기우면서 살고 싶기 때문입니다.

바늘을 쥐어주고 바느질을 가르쳐준 우리 엄마가 참 고맙습니다. 그리고 제가 바느질로 만든 물건들을 볼 때마다 감탄해주고 칭찬해준 친구들도 참 고맙고요, 많은 바느질거리와 헌 옷들을 만들어내는 우리 진이, 솔이한테도 감사의 인사를 전합니다. 막 짜증을 내고 심통을 부리는 저를 보고 "또 뭘 좀 꿰매야겠네."라며 짚어주는 남편에게도요.

그리고 귀한 시간을 내어 제 이야기를 들어주신 여러분, 참 고맙습니다.

그럼 저는 이만 바느질을 하러 가보겠습니다.

나의 바느질 수다

1판 1쇄 찍음 2020년 11월 20일
1판 1쇄 펴냄 2020년 11월 27일

글, 사진 천승희

주간 김현숙 | **편집** 변효현, 김주희
디자인 이현정, 전미혜
영업 백국현, 정강석 | **관리** 오유나

펴낸곳 궁리출판 | **펴낸이** 이갑수

등록 1999년 3월 29일 제300-2004-162호
주소 10881 경기도 파주시 회동길 325-12
전화 031-955-9818 | **팩스** 031-955-9848
홈페이지 www.kungree.com | **전자우편** kungree@kungree.com
페이스북 /kungreepress | **트위터** @kungreepress
인스타그램 /kungree_press

ⓒ 천승희, 2020.

ISBN 978-89-5820-699-6   03810